あさだりん 作　新井陽次郎 絵

まっしょうめん!

偕成社

装丁　中嶋香織

もくじ

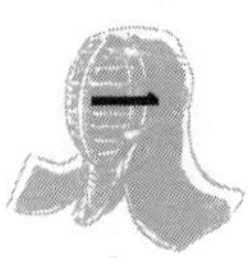

一　わたし、サムライガール？

「ブドウ？」

わたしが首をかしげると、画面《がめん》のなかのパパは大きくうなずいた。

「そう、ブドウ。」

「それって、あの……。」

「食べるブドウじゃないぞ、いっとくけど。」

「わかってるよ、そのぐらい。」

かみつくようにいうと、パパは「あ、ちょっとまって」といって、画面から消えた。

電動《でんどう》シェーバーをもってもどってきて、あごのあたりをなでながら、ごきげんなようすで話をつづける。

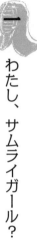

「だからさ、アントニオに約束《やくそく》しちゃったんだよ、うちのむすめの写真を見せてやるってさ……。」

いま、日本は夜の十時。メキシコは、ちょうど朝らしい。パパはこのくらいの時間に、出勤《しゅっきん》のしたくをしながらわたしと話をしたがる。

パパの海外赴任《かいがいふにん》が決まったのは、今年《ことし》の春。わたしが六年生になる、ほんのすこし前のことだ。

「すまない、成美《なるみ》。パパだって、ほんとうは、おまえをつれていきたい。しかし、会社からひとりで行くように、って命令《めいれい》されてしまったんだ。」

目をうるうるさせながら、そう告《つ》げたパパ。

それからのパパは、とにかくひとりでもりあがっていた。わたしのベッドの枕《まくら》もとに勝手《かって》にパパの写真をおいて、「こうすれば、いつでもパパが見てくれる、って気分になるだろ、な?」ってうなずいたり、夕食を食べながら、「つぎはいつ、ママのつくった肉じゃがが食べられるんだろうな……」と、遠い目をしたり。

空港《くうこう》まで見おくりにいったときが、最高潮《さいこうちょう》だった。

「パパがいなくても、元気でやるんだぞ、成美《なるみ》。」

空港《くうこう》のロビーで、パパはわたしの頭に手をのせていった。

「うん。」

「ママも、成美のことをたのんだぞ。」

「ゆ、ゆ、ゆきおさんも、どうぞ、気をつけて……。」

ママは黒ぶちの眼鏡《めがね》の下から、ハンカチで目をおさえた。

「むこうについたらすぐ、パソコンをつなぐから。そしたら、インターネット電話でいつでも話ができる。」

パパは背筋《せすじ》をのばし、手をピッとおでこにあてて、敬礼《けいれい》をした。

「いってきます。」

くるりと背《せ》をむけ、イミグレーションのほうに歩きだす。

「パパ。」

思わずよびとめてしまった。

パパはふりかえり、にこっとわらった。

「だいじょうぶ。地球上《ちきゅうじょう》のどこにいても、ぼくたちはつながっているよ。」

くさいな、と思った。でも、その場の雰囲気《ふんいき》にのまれてしまって、思わず、のどまであついものがこみあげてくるのを感じていた。

あれから、まだ一か月もたっていないのに。

三日とあけずにネット電話で話したがるパパに、つながりすぎ、と思っているわたしがいる。

「どうだい、ヒゲ。かっこいいだろ？」

パパはくちびるの上にちょこんと生《は》えてきたヒゲを、自慢《じまん》そうに見せつけてきた。

「へん。似合《にあ》わない。」

「そうかなあ。工場の女の子たちには受《う》けがいいんだよ。『ハヤシサン、オトコマエ』って親指立ててくれるんだけどな。あ、もしかして、パパが浮気《うわき》するんじゃないか、って心配《しんぱい》してる？」

そしてパパは、メキシコになじみすぎ。

「そうじゃなくて、ブドウって、どういうこと？」

「だからさ、週末《しゅうまつ》にアントニオの家に遊びにいったんだよね。」

アントニオというのは、パパの運転手《うんてんしゅ》。日本語がすこしできるので、パパはすっかりなかよくなったらしい。

「一家総出《いっかそうで》で、すごい歓迎《かんげい》してくれたんだよ。みんなでさ、『サムライ』『ニンジャ』『スシ』『スキヤキ』って大さわぎでさ。そんで、なんだか知らないけど、パパ、『うちのむすめはサムライです』っていっちゃったみたいなんだよね……。」

ネクタイをしめながら、パパの目がゆらりと泳《およ》いだ。

「あー、パパ、よっぱらってたんだ。」

「いや、ほんの二、三杯《ばい》しか飲んでないよ？　でもさ、テキーラってすごく強いでしょ？　それに、どうやらパパがちょんまげで着物を着てくると期待《きたい》していたみたいでさ。がっかりさせて申《もう》し訳《わけ》ないな、と思って、つい……。」

「むすめはサムライだ、っていっちゃったわけね？」

「『オー、サムライガール』って大もりあがりでさ。ぜひ、写真を見せてくれって。」

パパは背広《せびろ》の上着《うわぎ》をはおり、おがむように手を合わせた。

「だからさ、剣道《けんどう》でもなぎなたでも居合《いあ》いでもなんでもいいよ。ちょこっと武道《ぶどう》をやって、写真をメール添付《てんぷ》で送ってくれ。」

「ちょこっと、って、そんな気軽《きがる》に……。」

「あ、アントニオがむかえにきた。じゃあな。」

「まってよ、パパ。」

よびかけたのに、パパはプツッとネット電話をきってしまった。


「武道なんてありえないよね、ママ。」

パパがメキシコに行ってしまってから、ふたりきりでむかいあう夕食がつづいている。

わたしは「そうよね～」とか、「まったく、パパってばね～」とかいう反応《はんのう》を期待《きたい》していたのだけれど、ママは真顔《まがお》で、「あら、いいと思う」と答えた。

「よくないよ。わたし、運動苦手《うんどうにがて》だもん。」

「でもね、運動と武道は別物《べつもの》らしいわよ。」

「それにしたってね、運動神経《しんけい》ゼロだもん。このあいだのバスケの授業《じゅぎょう》でも、背《せ》が高いからってゴール下まかされたのに、シュート一本も入らなかったの。敵《てき》をブロックしようと思って一生懸命《いっしょうけんめい》うごいていたら、『人間風車《にんげんふうしゃ》』っていわれたの。」

「でもねでもね、武道《ぶどう》でつかう筋肉《きんにく》は、武道でしかきたえられないんだって。だから、運動《うんどう》が苦手《にがて》な子でもはじめやすい、っていってた。」

「いってた、って……だれが？」

「じつは、じつはね。」

ママはいきおいよく立ちあがり、何枚《なんまい》かのチラシをヒラヒラさせながらもどってきた。

「パパからきいてすぐ、市の体育科《たいいくか》にいって、問《と》いあわせしてきちゃった。」

「はあ？」

言葉もでないわたしの手に、ママはチラシをおしつける。

「ちょっと見てみて、ね？」

「武道なんかありえないっていってるでしょ。」

「見るだけでも……。」

「なんでそんなにやらせたがるのよ。」

「だって、だって、成美《なるみ》ちゃんね……。」

ママは言葉をきっていすにすわった。ずりおちかげんだった眼鏡《めがね》をくいっと鼻の上にもどし、それから決心《けっしん》したように話しだした。

「あのね、成美ちゃんね、レオナちゃんがいなくなってから、学校から帰ってきたらずっと家にいるじゃない。なにかはじめたらいいんじゃないかなって、思ってたの。」

手をヒラヒラさせながらママはいう。

「それに、それにね、武道《ぶどう》とかやれば、またレオナちゃんみたいな子がいても、なんかこう、きっぱりした態度《たいど》がとれるんじゃないかと思って……。」

しだいに興奮《こうふん》してきたのか、ひょろ長いうでをぐるぐるふりまわしはじめた。

ああ。「人間風車《にんげんふうしゃ》」だ。わたしもバスケの時間、こんな感じだったのかな。

ママを見ながら、ため息をつきたくなった。

「……レオナちゃんのことは、関係《かんけい》ないよ。」

はしをおいて、立ちあがった。ひざの上のチラシがするりと床《ゆか》に落ちて、ちらばる。

ママのほうを見ないようにして、自分の部屋に行った。

つぎの日の朝、食卓《しょくたく》のテーブルの上に、チラシがきれいにつみかさねておいてあった。

「極真空手《きょくしんからて》」のチラシに、「練習がけっこうキツイ。やめる子も多い」とママの字で書きこんである。「なぎなた」のチラシには、「教え方はていねい。練習場所が遠い」。「合気道教室《あいきどう》」のチラシには、「市の武道場《ぶどうじょう》でやっているので近い。女の子もけっこういる」。

一生懸命《いっしょうけんめい》ききこみをしながら、えんぴつを走らせているママの姿《すがた》が目にうかんだ。

市役所《しやくしょ》。市の総合体育館《そうごうたいいくかん》。武道場。

これをあつめるのに、何か所ぐらいまわったんだろう。

あの雪の日、学校での話し合いをおえて帰ってきたとき、ママは「あったかいお茶でも飲もうか」と紅茶《こうちゃ》をいれてくれた。それを飲みおえるまで、パパと出会ったころの冗談《じょうだん》みたいなできごとの話をずっとしていた。学校でのことにはひとことも触《ふ》れなかった。

つぎの日からも、レオナちゃんの名前がママの口からでることはなかった。それはホッとすることでもあり、ママにはどうでもいいことだったのかな、とたまに不思議《ふしぎ》に思うことでもあった。

ママがレオナちゃんのことを口にしたのは、きのうがはじめてだ。

チラシをながめながら、ママは心のなかではすごく心配《しんぱい》していたのかもしれない、と思った。

「あ、おはよう。朝ごはん、目玉焼《めだまや》きでいい？」

ママは、なにごともなかったかのように明るい声で、キッチンから声をかけてきた。

「目玉焼きより、卵《たまご》かけごはんがいい。それと。」

わたしは一枚《まい》のチラシをさしだした。

「これなら、見にいってみてもいいよ。」

「ほんとう？」

ママはびっくりした顔をのぞかせた。

それは、近くのお寺でやっている「瑞法寺剣道《ずいほうじけんどう》クラブ」のチラシだった。

「『サムライガール』っていうからには、剣道のほうがいいんでしょ。」

ほんとうは、そこがいちばん練習日が少なかったから。土曜日の午前中だけ。きっと、半分遊んでいるような感じじゃないかな。

「さっそく、見学の申《もう》しこみをしておくわね。」

ママはうきうきとチラシを受《う》けとった。

まあ、いいか。たいへんだったら早く写真をとって、やめちゃえばいいんだし。

瑞法寺《ずいほうじ》、というそのお寺は、近くで見ると予想以上《よそういじょう》にボロだった。

かわらが何か所《なんかしょ》かずりおちていて、雨もり防止《あまもりぼうし》のためかブルーシートが屋根《やね》にかけられている。

道場《どうじょう》に近づくにつれて、ダン、ダン、という重たい足音と、パシーン！　パシーン！

という、かわいた鋭《するど》い音がきこえてきた。

「あのう、すみませ〜ん。」

ママはギシギシいう木の引《ひ》き戸《ど》を、力をこめてひらき、おそるおそる声をかけた。

なかの音が、ぴたりとやんだ。

「はい。なんでしょうか。」

全身《ぜんしん》、すきまなくなにかに包《つつ》まれている人があらわれた。

顔は、横縞《よこじま》の鉄格子《てつごうし》のような仮面《かめん》でおおわれている。着物のようなものを着ていて、胴《どう》まわりには黒くてピカピカ光るよろい的《てき》なものをつけている。手には紺色《こんいろ》のグローブみたいなものをはめている。

よろい的なものの下に、紺地《こんじ》に白い文字で「北島《きたじま》」と書かれた名札《なふだ》がさがっていて、足首まである紺色のキュロットみたいなものをはいている。

肌《はだ》が見えているのは、はだしの足だけ。すごい重装備《じゅうそうび》。

現代社会《げんだいしゃかい》にも、こんな姿《すがた》の人がいるんだな、とわたしはみょうに感心《かんしん》してしまった。

「あの、見学の申《もう》しこみをした……。」

「ああ。林《はやし》さんですね。」

その人は、手にはめていた紺色のグローブみたいなものをはずし、それから顔をおおっていた鉄格子をはずした。

頭に灰色《はいいろ》の手ぬぐいをまいた、男の人があらわれた。

武道《ぶどう》をやっている人って、小さくて白髪《しらが》のおじいさんか、クマみたいにでっかい男の人、っていうイメージだったけど。

目の前にいる人は、そのどちらでもない。ふつうの男の人だ。身長《しんちょう》は、ちょっと高めかな、っていうぐらい。わりと細身《ほそみ》。たぶん、年齢《ねんれい》はパパと同じぐらいじゃないかな。目が切《き》れ長《なが》でするどいのが印象的《いんしょうてき》だ。こんなかっこうより、ワイシャツとネクタイが似合《にあ》いそう。会社で、「きみ、この仕事の納期《のうき》はどうなっているんだね」とかいってバリバリ働《はたら》いていそうな感じの人だ。

「指導《しどう》をしている、北島《きたじま》ともうします。どうぞ、なかにお入りください。」

その人は、しずかな声でママに話しかけた。

「いま、子どもが三人しかいないんですよ。入会《にゅうかい》してくださるなら大歓迎《だいかんげい》です。」

道場《どうじょう》は黒ずんだ板張《いたば》りだった。木のにおいがプン、と鼻をつく。

わたしたちがすみっこにすわると、先生は稽古《けいこ》にもどっていった。先生と同じような重装備《じゅうそうび》の子どもが三人、先生の前にならんで、順番《じゅんばん》に先生に打《う》ってかかっていく。

「メーン。」

「メーン。」

「メーン。」

先生はそれを頭で受《う》けて、短く言葉を発《はっ》する。

「足、うごかせ。」

「最後《さいご》まで気をぬくな！」

「ザンシンがない！　ふりむくときも気をぬくな！」

先生の声は、さっきの声とぜんぜんちがう。張《は》りがあって、よくひびく。

ザンシンって、どういう意味なんだろう。

いちばん体の小さい子が、いちばん大きな声をだしていた。体が大きくて、どっしりした感じの子もいる。このふたりは、黒いよろいをつけている。

そしてもうひとり、スラッとして姿勢《しせい》がいい子は、赤いよろいをつけている。

それから試合《しあい》がはじまった。三人がかわるがわる対戦《たいせん》していく、のだけれど……。

これが、見ていてもさっぱりわからない。

パンパン打《う》ちあって、すっとはなれる。それからまたパンパンと打ちあいがつづく。

いっぱい打っているのに、ちっともおわらないし、かと思うと思わぬところで先生がさっと白い旗《はた》をあげて「面《めん》あり！」とかさけんだりする。

こんなわけわかんない競技《きょうぎ》、わたしにできるかな。

よくわからないうちに、試合《しあい》はおわったらしい。三人が横一列《よこいちれつ》になって正座《せいざ》し、顔の鉄格子《てつごうし》をはずした。

手ぬぐいをかぶった頭と、顔があらわれる。

あ、あのどっしりした子、見たことがある。たしか、となりのクラス？

小さい男の子のほうは、知らない子だ。

赤いよろいの子が頭をおおっていたものをはずすと、ひとつに束《たば》ねた長い髪《かみ》があらわれた。女の子だったんだ。それも、目が大きくて鼻がすっとしていて、かなりの美人。

「姿勢《しせい》をただして、モクソー！」

その美人が急にかん高い声でさけんだので、わたしはビクッとした。

道場《どうじょう》は、しずまりかえった。全員が目をとじて、正座したままピクリともうごかない。

モクソー？　モクソーって、なに？　どうしたらいいの？

わたしがきょろきょろしているうちに、美人がもう一度さけんだ。

「やめ！　礼《れい》！」

全員が目をひらいて、頭を床《ゆか》にくっつけるようにして礼《れい》をした。

そのときになって、はじめてわたしは、「モクソー」っていうのは「黙想《もくそう》」なのかもしれない、と思いあたった。

「きょうの稽古《けいこ》だが……。」

先生が話しはじめた。

「全員、もっと左手に注意を。竹刀《しない》は左手だけでもつつもりでいいぞ。それから……。」

ひとりひとりにこまかい注意があたえられて、また礼をして、稽古は終了《しゅうりょう》だった。

先生がわたしたちのところに、ニコニコしながら近づいてきた。

「どうでした、見学してみて。」

「えーっと……。」

よくわからなかった、とはいえず、あいまいにわらった。ママも似《に》たようにわらっていたから、きっと同じような気持ちだったんだろう。

「ちょっと立ってみてくれる?」

「わたし……ですか?」

体育ずわりをしていたわたしは、おずおずと立ちあがった。

「背《せ》が高いね。何センチ？」

「百六十二センチ、です。」

「何年生？」

「六年生、ですけど……。」

「六年生で百六十こえているって、けっこう高いよね？　うちのむすめも六年生だけど、そんなにないよ。おーい。茜《あかね》。」

先生が手まねきすると、赤いよろいの美人がこちらにやってきた。

「これ、うちのむすめ。茜っていうんだ。同《おな》い年《どし》だし、よろしくな。」

ええ？　親子？

顔がぜんぜんちがうから、わからなかった。いわれてみれば、するどい感じの雰囲気《ふんいき》が、ちょっと似《に》ているかも。

「すみませんが、こちらにお名前とご連絡先《れんらくさき》を書いていただけませんか。」

「あ、は、はい。」

先生がさしだした紙とボールペンを受《う》けとろうとしたママの手から、ボールペンがするりと落《お》ちた。

「あ、ひろうよ。」

わたしは床《ゆか》の上をころがっていくボールペンを追いかけた。

つん、と手の先でつついてしまったら、ボールペンは、さらに先のほうへころがっていった。

道場《どうじょう》のすみっこまで追いかけていって、ようやくひろって顔をあげると、先生がじーっとわたしのほうを見ていた。

「あの……?」

なにか?

先生はフッとわらった。

「もし、きみに……。」

先生は言葉をきった。

「いや、なんでもない。」

それから、ママのほうをむいて説明口調《せつめいくちょう》で話しはじめた。

「それでは、入会する場合はこちらの申込書《もうしこみしょ》にご記入《きにゅう》いただいて、あとは……。」

とちゅうでやめられると、気になるじゃないですか。

先生とママが話しこんでいるあいだ、わたしはモヤモヤした気持ちのまま、そばに立ってまっていた。外にでて駐車場《ちゅうしゃじょう》にむかって歩きはじめたとき、思いきって砂利《じゃり》の上を走って先生を追いかけた。

「先生！」

するどい目の親子が、ふりむいた。

「わたしのことなら、監督《かんとく》でいいよ。みんな、そうよんでいるし。」

「じゃあ、監督。あのう……。」

よびとめたものの、急にはずかしくなって、わたしはもじもじと下をむいた。

「質問《しつもん》か？　なんでもいいぞ、いってごらん。」

「あのう……さっき、なにをいいかけたんですか？」

「さっき？」

「もし、きみに、っていって、それで……。」

「ああ。」

監督《かんとく》は、よろいやら鉄格子《てつごうし》のお面《めん》やらの入った大きな袋《ふくろ》をかつぎなおし、わたしを見おろした。

「もし、きみに変《か》わりたい、という気持ちがあるのなら、剣道《けんどう》をはじめてみたらどうかな。そういいたかっただけだ。」

変わりたい？

「まあ、むりにはすすめないけど。気軽《きがる》に遊びにおいで。」

監督はそういうと、紺色《こんいろ》の車に無造作《むぞうさ》に大きな袋と竹刀《しない》をつんで、乗りこんだ。

茜《あかね》さん、という名前の美少女も、無表情《むひょうじょう》なまま車に乗りこんでいってしまった。

「変わりたいかって？　あたりまえだろ？　パパなんて、毎日変わろうと努力《どりょく》してるぞ。」

パパは胸《むね》をはっていった。

「努力《どりょく》って？　ヒゲのばしてること？」

パパのちょびヒゲは、このまえよりすこし大きくなったみたいだ。

「ばぁか。カイゼンだよ、カイゼン。いまや、世界《せかい》の共通語《きょうつうご》だぞ。『ＫＡＩＺＥＮ』っていえば、こっちでも通《つう》じるんだぜ。」

パパは口の上の小さなヒゲを、うれしそうになでた。

「いいか。パパだって毎日こっちの工場でどうやったら改善《かいぜん》できるか、頭をなやませているんだぞ。おまえも日々《ひび》改善、日々進化《しんか》を心がけろ。」

そうか。世界の常識《じょうしき》はそんな感じなのか。

いままで、自分が変《か》わりたいかなんて、考えたこともなかった。

変わるって、どんなふうに？

つぎの日の朝、わたしはママに、「剣道《けんどう》、やってみる」といった。

二 ちゃぶ台《だい》に正座《せいざ》で食事？

「さあ、これでいいわよ。」

ママがわたしのおしりを、ポン、とたたいた。

真《ま》っ白《しろ》な胴着《どうぎ》（腰《こし》までの短い着物のようなものを、胴着とよぶらしい）。紺色《こんいろ》の袴《はかま》（足首までである、長いキュロットのようなものが、袴）。

真新《まあたら》しくて、パリパリしていて、うごくと肌《はだ》がこすれるようだ。

ママは説明書《せつめいしょ》を見ながら、一生懸命《いっしょうけんめい》に着せつけてくれた。買ったばかりの竹刀《しない》をわたしににぎらせ、

「こっちむいて～。ほら、竹刀もかまえてみて～。」

と、デジカメのファインダーをのぞきながらはしゃいでいる。

わたしは竹刀《しない》を大きくふりかぶり、できるだけキリッとした目つきでカメラのほうをにらんでみた。

とにかく、この写真さえ送っておけば、パパも文句《もんく》ないでしょう。


「ああ、まだ竹刀は必要《ひつよう》ないから。」

真新《まあたら》しい竹刀をにぎって、ドキドキしながらほかの三人の後ろにならぼうとしたわたしに、監督《かんとく》はあっさりそういった。

「成美《なるみ》は、竹刀をおいてこっちにきて。」

わたしは竹刀を道場《どうじょう》のはじっこにおいて、おずおずと監督の前に立った。

「こぶしひとつぶん、足をひらいて立ってごらん。そのまま、右足を前にだす……だしすぎ……右足のかかとが、左足のつまさきにくるぐらい。このあたりだ。」

監督は床《ゆか》にひざをついて、わたしの右足をもって位置《いち》をなおしてくれた。

「左足のかかとをすこしうかせて。ひざをかるくまげて、力をぬいて……そうそう、その形が基本《きほん》だから、よくおぼえておけよ。」

監督《かんとく》は、自分《じぶん》の袴《はかま》のすそを手でまくって、ふくらはぎのあたりまで足が見えるようにした。

「わたしのうごきをよく見てごらん。まず、左足で体全体《からだぜんたい》をおしだすようなつもりでうごきだすんだ。そして右足を、すべらせるように大きく前にだす。左足をすばやくひきつける。このくりかえしだ。できるか？」

それぐらいなら、わたしにもできそう。

わたしは監督がやったように、右足をすっと前にだして、左足をひきつけてみた。

「よし。そのまま、むこうのはじまで行ってみろ。」

右足をだす。左足を引きつける。右足をだす。左足を引きつける。

むこうのはじまで、って監督はいったけど。この方法だと、すごく遠い。ふつうに歩けば十秒《びょう》でつく距離《きょり》なのに、すぐに左足のふくらはぎがいたくなってきた。

「左足を前にだすな。ぜったいに、右足よりも後ろだ。」

右が前、左が後ろ。右が前、左が後ろ。

あ、これって、ギャロップじゃない？　もっと歩幅《ほはば》を大きくすれば、楽《らく》にむこうまで行けそう。

そう思ったとたん、監督《かんとく》の声が飛《と》んできた。

「飛びはねるんじゃない！　床《ゆか》を擦《す》るようにうごくんだ！」

うわあ、地味《じみ》にしんどい……。

ほかの子が「ヤア！」とか声をだしながら竹刀《しない》で打《う》ちあっている横で、わたしはひたすら足の練習だった。前にすすんだり、後ろにさがったり、横に移動《いどう》したり。

そのうち、休憩《きゅうけい》に入ったほかの子たちが、わたしのほうにやってきた。

「へったくそだなー、おまえ。」

おなかの前にさがった名札《なふだ》（垂《た》れ、というらしい）に「塚原《つかはら》」という名前の入った小《こ》柄《がら》な男の子が、いきなりわたしにむかっていった。

ムッとしたわたしにむかって、たたみかけるようにいう。

「うごきがなんか、虫みてえ。足が長くてギクシャクうごくヤツ……、あ、ナナフシだ。」

ナナフシ？

わたしがショックをうけていると、となりのクラスの大柄《おおがら》な男の子、石田太一《いしだたいち》くんがたしなめるようにいった。

「浩次郎《こうじろう》、林《はやし》さんは六年生だぞ。おまえよりひとつ年上なんだから、なまいきな口きくなよ。」

「だって、へたくそはへたくそじゃん？」

塚原《つかはら》浩次郎くんは、頭の上に手ぬぐいをのせて、スイッ、スイッとすり足をはじめた。

「ほら、オレがやると、手ぬぐいが落《お》ちないだろ？　このくらいできないとな。」

「きょうはじめたばかりなんだから、しかたないだろ。」

石田くんは、わたしにむかってはげますようにいった。

「足の練習は、つらいけど大事なんだ。足がちゃんとできてないと、いくら打《う》っても一本にならないんだよ。」

「一本？」

「面《めん》、胴《どう》、小手《こて》のどこかを、きれいに打ったら一本。先に二本とったら勝ちなんだ。」

石田くんは、自分の頭、わき腹《ばら》、右手首《みぎてくび》を順《じゅん》に指《ゆび》さしながらいった。

「へえ〜、そうなんだ。」

わたしが感心《かんしん》してうなずくと、石田《いしだ》くんはびっくりしたような顔をした。

「剣道《けんどう》のこと、なにも知らないんだね。」

「うん。なんか、いきおいで入っちゃって……。」

「いきおいだけで入って、つづけられるのかな〜？」

浩次郎《こうじろう》くんが、意地悪《いじわる》そうな目つきでチロリ、とわたしを見る。ああ、やだな。なんでこの人、いちいちわたしにつっかかってくるんだろう。

ホッとしたことに、そのとき、監督《かんとく》がパンパン、と手をたたいた。

「休憩《きゅうけい》おわり！　面《めん》つけ！　二十秒《びょう》でしろ！」

浩次郎くんと石田くんは、あわてて走っていった。

監督はわたしのほうにきて、「じゃあ、成美《なるみ》も竹刀《しない》をもってみようか」といった。

ああ、やっと竹刀がもてる。

わたしはようやく剣道らしいことをさせてもらえる、とうれしくなって、竹刀をとりにいった。

「ではまず、竹刀《しない》のにぎり方。」

監督《かんとく》の大きい手が、わたしの竹刀をくるっとひっくりかえした。

「まっすぐに糸が張《は》ってあるだろう？　ここが、いつも真上《まうえ》をむくようにしなさい。」

へえ。竹刀にもむきがあるんだ。

「左手でいちばん下をにぎって。小指《こゆび》、薬指《くすりゆび》、中指《なかゆび》の三本でしっかりにぎる。右手は、かるくそえるだけでいい。そのまま、左手をおへそからこぶしひとつ分ぐらい前に、かまえて。」

わたしが竹刀をかまえると、監督はさんざん竹刀の位置《いち》や、うでの角度《かくど》をなおし、ようやくうなずいた。

「よし、そのかまえをたもったまま、さっきやったすり足で、むこうのはじまで。」

ええ、また？

竹刀をかまえたまま、ひたすらさっきと同じ足さばきをくりかえした。前に、横に、後ろに。なんかもう、足がつっちゃいそう。足もつらいけど、竹刀をかまえたままのうでもつらい。プルプルして、竹刀がだんだんさがってくる。

すると、監督《かんとく》の容赦《ようしゃ》ない声がとんでくる。

「成美《なるみ》、かまえがくずれてるぞ！」

あわてて竹刀《しない》をにぎりなおす。

これ、いつおわるの？　もう帰りたい。家に帰りたい。剣道《けんどう》やるなんてかんたんにいうんじゃやなかった……。

ほんとうのほんとうにもうだめ、と思ったとき、ようやく試合《しあい》の時間になった。

監督はわたしに、正座《せいざ》してほかの三人が試合するのを見るように、といった。

はぁ、やっと休める。

試合はやっぱり意味がわからなかったけれど、とにかく休めることがうれしくて、わたしはさも興味《きょうみ》がありそうな顔をして、しずかに試合を見まもった。

黙想《もくそう》の後、先生がひとりひとりにつぎの稽古《けいこ》までにやってくることを指示《しじ》した。

「浩次郎《こうじろう》は、跳躍《ちょうやく》の素振《すぶ》りをしておきなさい。一日、百本。」

「じゃ、二百本やる。」

小柄《こがら》な五年生、浩次郎くんはくいつくようにいう。監督は苦笑《にがわら》いした。

「肩《かた》をこわさないように、ほどほどにしろよ。茜《あかね》は、打《う》ちこみ台《だい》にむかって胴《どう》の練習。」

「はい。」

美少女は、そっけなく答えた。

「太一《たいち》は、毎日百本素振《すぶ》り。股《また》わりの素振りを重点的《じゅうてんてき》に。」

「股わりを重点的に……、わかりました。」

となりのクラスの大柄《おおがら》な男の子、石田《いしだ》くんはブツブツとつぶやいた。

「成美《なるみ》。」

「はい。」

ドキドキしながら、監督《かんとく》の言葉をまつ。わたしも、素振り百本なんていわれたらどうしよう。まだ竹刀《しない》の振《ふ》り方《かた》も教えてもらってないのに……。

「おまえ、ごはんはどうやって食べてる?」

「へ?」

ごはん、ですか?

「ふつうに、左手でおちゃわんをもって、右手でおはしをもって、口で食べますけど?」

「いや、そうじゃなくて。」

監督《かんとく》は、わらいをこらえているようだった。

「成美《なるみ》の家は、マンションだっけ？　テーブルといすで食べてる？」

「はい、そうですけど。」

「じゃあ、ちゃぶ台《だい》に変《か》えてもらって正座《せいざ》で食べるようにしなさい。宿題《しゅくだい》もそこで正座ですするように。以上《いじょう》。」

「ちょっとまってください。ちゃぶ台なんて、そんなもの、家に……。」

「ありますよ。」

おむかえにきていたママが、口をはさんだ。

「むかしつかっていたのが、しまってあります。帰ったらさっそくだしますわ。」

ママってば、なんでそんなに乗《の》り気《き》なの……？

つぎの朝。ふつうに、ふとんから起きあがろうとした。きのうまでの朝と、同じように。

ビキビキビキ！

「ママー、ママー、たすけて。」

ママがすっとんできた。

「なに？　なに？　なにがあったの？」

「ふ……ふとんから、でられない……。」

ママは、あわててふとんをひっぺがした。

「なにもないけど？」

「左うでと……左のふくらはぎが……いたい……。」

「ばかねえ。それ、筋肉痛《きんにくつう》よ。」

ママはわたしの手をぐっとつかんで、起きあがらせた。

「ぐ、ぐえええええ……。」

うめき声をあげながら立ちあがり、ふらふらとトイレへ。

「ママー、ママー、たすけて。」

「こんどは、なに？」

「すわれない……。太ももが、いたい……。」

「あーもう、赤ちゃんなの？　ゆっくりすわりなさい。ほら。」

「ドアの前でまってて。わたしきっと、立ちあがれない……。」

ああ、もう、いや。六年生なのに、ママにトイレについてきてもらうなんて、はずかしくてたまらない。たった一回の練習でこんなになるなんて。

どのくらいやったら、わたし、やめてもいいのかな。


「ママってば、ウキウキしながらちゃぶ台《だい》だしてるの。こっちは足がしびれてたいへんだっていうのに。新婚《しんこん》のころつかってたんだって？　パパ。」

「ああ。」

「それでね、つぎの週に監督《かんとく》がわたしにだした宿題《しゅくだい》は、『毎日下駄《げた》をはいて散歩《さんぽ》しろ』だったの。意味わかんないでしょ？　なのにね、ママはよろこんで下駄をだしてきて、いっしょに散歩しようって……。」

「ああ。」

「もうね、なれないから親指のところがいたくって……。」

「ああ。」

「きいてる？　ねえ、送った写真、ちゃんとアントニオさんに見せたの？　わたし、もう剣道《けんどう》やめてもいい？」

パパのようすがなんだかおかしい。目はぼんやりと遠くを見ていて、人の話もきいているんだかいないんだか。

「……ちゃぶ台《だい》、いいじゃねえか。」

「え？」

「ちゃぶ台……ほかほかのごはん……とうふとわかめのみそ汁《しる》……白菜《はくさい》の漬《つ》けもの……こんぶのつくだ煮《に》……。」

「パパ？」

「塩鮭《しおじゃけ》……めんたいこ……のりと醤油《しょうゆ》だけでもいい……。」

「パパ、どうしちゃったの？」

「帰りたいよ、成美《なるみ》ィ。」

「仕事、うまくいってないの？」

「そんなんじゃないよ！」

パパは絶望的《ぜつぼうてき》な表情《ひょうじょう》をした。

「毎日、ステーキしかでないんだよ！」

「わあ、すごーい。」

「ぜんぜんすごくないよ。毎日毎日、焼《や》いたパサパサの肉ばっかり食べてみ？　頭も体もおかしくなるよ。おまえはきょう、ちゃぶ台《だい》でなにを食べたんだよ？　いってみろ。」

「夕《ゆう》ごはんは、親子丼《おやこどん》だったよ。」

「ああ……ぷりぷりの鶏肉《とりにく》……とろとろの卵《たまご》……みつばの香《かお》り……。」

「それとね、キュウリの浅漬《あさづ》けでしょ、あとママがけんちん汁《じる》もつくってくれて……。」

「もう、やめてくれえ！」

自分《じぶん》がききたがったくせに、パパはわめきながらネット電話をきってしまった。

なんだかかわいそうだから、ママと相談《そうだん》して、レトルトのごはんとかお茶漬《ちゃづ》けのもとか梅干《うめぼ》しとか、日もちのしそうなものを段《だん》ボールにつめて送ってあげた。

レトルトの親子丼も入れてあげた。ママのつくる親子丼には、たぶん、およばないけど。

すこしでも、元気だしてくれるといいな。


休み時間、わたしはたいてい校庭でドッジボールをしている。

となりのクラスの男子たちは、すぐ横でサッカーをしている。いままでそんなに注意をはらって見たことはなかったけれど、あるとき、石田《いしだ》くんがいるのに気がついた。

石田くんはいつもゴールキーパーだ。

「石田のヤツ、つかえるようになったか？」

となりのクラスの子たちが話しているのがきこえてきて、わたしは耳をそばだてた。

「ま、キーパーならいいんじゃん？」

「体格《たいかく》もキーパーむきだしな。」

「あの足のおそさは、フィールドじゃつかえねえし。」

きいてはいけないことをきいたような気がして、わたしはさりげなくそこをはなれた。

教室にもどろうと靴《くつ》をはきかえて、顔をあげたら、なんと目の前に石田くん。

「あ……。」

「あ、どうも。」

石田《いしだ》くんは照《て》れわらいしながら、靴《くつ》を下駄箱《げたばこ》にしまった。

「どう？　剣道《けんどう》やってみて。」

「筋肉痛《きんにくつう》になっちゃって。それも、右の内《うち》ももとか左のふくらはぎとか、へんなところばっか。」

「なれるまではつらいかもね。剣道でつかう筋肉は、剣道でしかきたえられないんだって。」

そういえば、前に、ママもそんなことをいっていたような。

「いつもドッジボールしてるみたいだけど。ドッジボールは得意《とくい》なの？」

「まさか。」

わたしはブンブン、と首を横にふった。

「ドッジボールなら、逃《に》げていればなんとかなるでしょう？　そしたら、まわりの人にあんまりめいわくかけなくてすむし。」

レオナちゃんがいなくなってから、わたしは教室にのこっている少人数《しょうにんずう》のグループに、入る気をうしなっていた。大人数《おおにんずう》にまぎれられて、人にめいわくをかけないもの。

それが、ドッジボールだった。

「わたし、運動神経《うんどうしんけい》よくないから。剣道《けんどう》は運動神経がわるくてもできるってきいたけど。」

「どうかな。」

石田《いしだ》くんは、ふくざつな表情《ひょうじょう》をした。

「試合《しあい》にでると、やっぱり運動神経のいい子が強かったりするよ。」

え？　ママがいってたこと、ちがうじゃない。

「でも、監督《かんとく》がいうには、それは子どものうちだけだって。おれには、とにかくいまはきれいな、正しい剣道を身《み》につけろ、っていうよ。高校生ぐらいになったら、おれはぜったい強くなるから、って……。」

石田くんの顔がかがやいた。

きれいな、正しい剣道、か。ちゃぶ台《だい》でごはんを食べたり、下駄《げた》をはいて散歩《さんぽ》することも、それと関係《かんけい》があるのかな。

「林《はやし》さんが入ってくれてよかったよ。四人になったら、団体戦《だんたいせん》でいままでより有利《ゆうり》になるんだ。」

「へ？　団体戦？」

「ああ、そうか。剣道《けんどう》のこと、なにも知らないんだっけ。」

石田《いしだ》くんはしょうがないな、という顔をして説明《せつめい》をはじめた。

「剣道には個人戦《こじんせん》と団体戦があって、団体戦は五人で一チームなんだよ。うちみたいに三人しかいないと、最初《さいしょ》からふたり分《ぶん》負けていることになる。だから、ひとりも負けられないんだ。茜《あかね》と浩次郎《こうじろう》はすっごく強くて、とくに茜はこのあたりでも有名《ゆうめい》なんだけど、おれが負けちゃうから、団体戦は勝ちすすめなくて……。」

石田くんはせつなそうな表情《ひょうじょう》をした。

「でもさ、おれが負けても、きみが引《ひ》き分《わ》けられれば、代表戦《だいひょうせん》で茜がでて勝てる。そしたら、かなりいいところまでいけると思うんだ。だからつづけてよ、ね？」

「そんな……。わたし、まだ竹刀《しない》もちゃんとふれないのに……。」

「きみが負けたら、おれががんばって引き分けにもちこむから。だから、剣道つづけようよ、ね？」

石田《いしだ》くんの目は、一生懸命《いっしょうけんめい》だ。

そんな目で見られると、どうしていいかわからなくなる。

団体戦《だんたいせん》なんて、足を引っぱらないようにやっていけるのかな、わたし。

「おれ、林《はやし》さんのこと、前から知ってたよ。柏木《かしわぎ》レオナと仲《なか》よかっただろ？　おれ、レオナと同じ幼稚園《ようちえん》だったんだ。」

不意《ふい》にレオナちゃんの名前がでて、わたしはビクッとした。

「あ……、ああ、そうだったの。」

「レオナがひっこしちゃって、残念《ざんねん》だったね。あいつ、どこに行ったの？」

「……わたしも、知らないの。」

「そうなんだ。」

石田くんは意外《いがい》そうな顔をした。

「授業《じゅぎょう》はじまるから、行くね。」

わたしはできるだけ明るくそういって、階段《かいだん》をかけあがった。

三

剣道《けんどう》に染《そ》まっていく

「暑《あつ》くなってきたな、成美《なるみ》。」

「あ、はい。暑くなりましたね、監督《かんとく》。」

「もうすぐ夏だな。」

「もうすぐ夏ですね。」

「夏といえば、なんだ。」

「夏、ですか？　プール、かき氷《ごおり》、ひまわり……。あと、アイスとか、花火《はなび》とか……。」

「そう、花火だ。花火大会には、なにを着ていく？」

「浴衣《ゆかた》……？」

「それだよ。」

監督《かんとく》は、身《み》をのりだした。

「毎日、できるだけ浴衣《ゆかた》を着て生活しろ。」

「はあ？　わたしがですか？」

「ほかにだれがいる。」

「浴衣なんて、うちにあるかどうか……。」

「だいじょうぶだ。おまえのお母さんに電話したら、『わたしが若《わか》いころに着ていた浴衣をなおしておきます』ってウキウキしていたぞ。」

ママならいいそうだ……。

案《あん》の定《じょう》、剣道《けんどう》の稽古《けいこ》から帰ると、ママはさっそくわたしに浴衣を着せつけた。

「この浴衣を、もう成美《なるみ》ちゃんが着られるなんてね。柄《がら》が古くないといいけど。」

紺色《こんいろ》の地《じ》に、白い朝顔《あさがお》が染《そ》めぬいてある。

浴衣を着られるのは、ちょっとうれしい。でも、生活となると不便《ふべん》きわまりない。走れない。ちょっと足をひらいてすわることもできない。ベッドにゴロン、としてもすぐに前がはだけてしまう。

ちょっとちゃぶ台《だい》の上のお醤油《しょうゆ》をとるときでも、正座《せいざ》している足のつまさきを立てて、反対《はんたい》の手でそでをおさえて、ってしなくちゃいけない。

下駄《げた》をはいての散歩《さんぽ》も毎日ある。

おかしい。週に一回しかないから、剣道《けんどう》をえらんだはずなのに。

いつのまにか、生活が剣道に染《そ》まっていくような気がする。


「お、浴衣《ゆかた》か。似合《にあ》うよ、成美《なるみ》。」

パパは、このまえとちがって上機嫌《じょうきげん》だ。

「いいね、いいね。その写真も送ってよ。」

「パパ、元気になったんだね。段《だん》ボール、とどいた？」

「段ボール？　なんの話だ？」

パパはキョトンとしている。

「なにか送ってくれたのか？　でも、船便《ふなびん》なら一か月以上《いじょう》かかるぞ。」

そういえば、航空便《こうくうびん》は高いってママがいって、船便《ふなびん》にしたような気が……。

じゃあ、なんでパパは元気なの？

「ではここで、成美《なるみ》にクイズ！　パパはいま、どこにいるでしょう？」

パパは画面《がめん》からどいて、後ろの景色《けしき》を見せてくれた。窓《まど》の外には、ビル。四角《しかく》い窓がならんでいる。

いままでとどこかちがうの？

「わかんない。」

すなおに答えると、パパはうれしそうにいった。

「なんと、パパはいま、ニューヨークにいまーす。」

はあ、そうですか。

わたしにとっては、メキシコもニューヨークもたいして変《か》わりない、地球《ちきゅう》の裏側《うらがわ》だ。

でも、パパにとってはすごいことらしい。

「会議《かいぎ》があってね、三日前からニューヨークにきているんだ。ビバ！　ニューヨーク！」

「ニューヨークって、どんなところ？」

「最高《さいこう》だぞ。寿司屋《すしや》がある。ラーメン屋もある。中華《ちゅうか》のテイクアウトもある。」

わたしは、ママとあれこれ考えながら中身《なかみ》をつめた段《だん》ボールのことを思った。

「ふーん。楽しそうね。」

「なんだよ、成美《なるみ》。おまえは楽しくないのか？」

「そりゃ、そうよ。毎日浴衣《ゆかた》なんて、きゅうくつだしうごきにくいし……。」

「うーん。」

パパは、めずらしくまじめな顔になった。

「じつはね、後悔《こうかい》しているんだ。着物か浴衣をもってくればよかったたって。」

「パパが？　なんで？」

「ニューヨークには、いろんな人がいてな。インド系《けい》の人は、堂々《どうどう》とサリーを着て歩いてる。頭に布《ぬの》をまいているイスラム系の女性《じょせい》もいるし、アフリカの民族衣装《みんぞくいしょう》を着ている人もいる。みんな、自分《じぶん》のルーツを大事にしているのに、どうしてパパは似合《にあ》わないスーツを着て、外国人のまねをしてるんだろう、って。」

パパはちょびヒゲをなでながら考えこんだ。

「あ、でも、チャイナドレスを着ている人を見たのは、チャイニーズレストランだけか……。」

「でも、着物はやっぱりうごきにくいもん。べんりでうごきやすいから、みんな洋服を着るようになったんじゃないの？」

「べんりか……。」

パパは、遠くを見るような目をした。

「べんりさと引きかえに、われわれ現代人《げんだいじん》は大切《たいせつ》なものをうしなったのではないだろうか。」

「パパ、ほんとうにそんなこと考えてるの？」

「いや、ほんとうは、着物を着ていたほうが、外国人にモテるんじゃないかって……。」

「パパ？」

わたしの冷《つめ》たい目に気がついたらしい。

パパは「あ、会議《かいぎ》に行かなくちゃ」と、そそくさとネット電話をきった。

「ところでな、成美《なるみ》。」

「なんですか、監督《かんとく》。」

「おまえの家のトイレは洋式《ようしき》か？」

「そうですけど？」

「うーん、そうか。」

監督はうで組《ぐ》みをしたが、はたと思いついたようにわたしの顔を見た。

「あ、学校にはきっと和式《わしき》のトイレがあるよな。じゃ、学校ではなるべく和式のトイレに入るようにしろ。」

「いいかげんにしてください！」

がまんも限界《げんかい》にきて、わたしはどなった。

「なんなんですか、いったい。ちゃぶ台《だい》で食事をしろだの、下駄《げた》をはけだの浴衣《ゆかた》を着ろだの、あげくのはてにはトイレにまで口をだすんですか。おかしいですよ！」

監督は目をまるくした。

「おかしい、かな？」

「おかしいです。みんな、こんなことやっているんですか？」

「いや。成美《なるみ》だけの特別《とくべつ》メニューだ。」

「なんでわたしだけ、そんなこと？」

「それは、なんというか、うーん。」

監督《かんとく》はうでを組んで考えこみ、それからするどい目でちらりとわたしを見おろした。

「成美、ちょっと試合《しあい》をしてみるか。」

「は？」

わたしは一歩さがった。

「むりですよ、わたしまだ、防具《ぼうぐ》をつけたこともないのに……。」

防具、というのは胴着《どうぎ》と袴《はかま》の上につける、装備一式《そうびいっしき》のことだ。

頭をおおう鉄格子《てつごうし》のような仮面《かめん》は、面《めん》。

上半身《じょうはんしん》につけるよろいのようなものは、胴《どう》。

手にはめるグローブみたいなものは、小手《こて》。

「ああ、防具はなくてもいいよ。ほんとうに試合《しあい》するわけじゃないから。まねごと、まねごと。それならいいだろう？」

監督《かんとく》がわたしの顔をのぞきこむ。

だ、だいじょうぶかな？

「いままで見てきたから、礼儀作法《れいぎさほう》はわかるだろう？」

「だいたいですけど……。」

「じゃ、茜《あかね》。相手《あいて》してやれ。」

あわわわわ。茜さんが相手なの？

ふたりとも、防具《ぼうぐ》をつけないいままだった。

まず、むかいあって立ったまま礼《れい》をする。

三歩前にでて、開始線《かいしせん》とよばれる白い線のところでしゃがみこむようにしながら、竹刀《しない》を相手にむけて、おたがいの竹刀の先をあわせるようにする。

ほんとうはそこからまた立ちあがって、試合《しあい》がはじまる、のだけれど……。

しゃがみこんだとたんに、わたしの体はぐらぐらゆれていた。

茜さんはピタリとわたしに竹刀をむけたまま、微動《びどう》だにしない。なのに、わたしはちゃんと止まっていられない。力をぬくと、後ろにひっくりかえりそうになる。

プル
プル
プル

「はい、そこまで。」

監督《かんとく》が、パン、と手を打《う》った。

「どうだ、成美《なるみ》。」

「この姿勢《しせい》……、みんな、あたりまえのようにやっているから、こんなにたいへんだと思わなかった……。」

「蹲踞《そんきょ》、という名前だ。」

「ソンキョ?」

「背筋《せすじ》がまっすぐなこと。腰《こし》が入《はい》っていること。足の親指のつけねに重心《じゅうしん》をのせられること。それができて、はじめて蹲踞《そんきょ》ができる。」

監督は、わたしのとなりにしゃがんでみせた。

「できていないと、こうなる。」

監督はだらり、と力をぬいた。

「あ、ヤンキーずわり……。」

「俗《ぞく》にヤンキーずわりとか、ウンコずわりとかいうやつだ。でも、それは腰ぬけのすわり方。ちゃんと腰《こし》を入れると、こうだ。」

監督《かんとく》は背筋《せすじ》をピンとのばし、スッと立ちあがる。

茜《あかね》さんもスッと、まっすぐ上に立ちあがった。

くやしいけれど、美しい、と思う。

「ちょっと前まで、日本人なら苦《く》もなくこの姿勢《しせい》ができたんだけれどね。生活様式《ようしき》が変《か》わってしまったからな。」

監督は片手《かたて》でわたしの肩《かた》をささえ、片手でわたしの腰をぐっとおして姿勢《しせい》を正《ただ》した。

「正座《せいざ》は、背筋をのばして腰を入れる姿勢を身《み》につけるため。下駄《げた》は、足の親指に力を入れられるようにするため。浴衣《ゆかた》を着るのは、ただしい体さばきができる筋力《きんりょく》を身につけるため。和式《わしき》のトイレをすすめるのは、蹲踞《そんきょ》の姿勢に近いからだ。立ってごらん。」

わたしはできるだけ茜さんをまねて、スッと立ちあがった。

ふらついている。わたし、まだまだ不格好《ぶかっこう》だ。

「知らなかった。試合前《しあいまえ》の礼《れい》をするだけで、こんなにたいへんだなんて……。」

「蹲踞《そんきょ》がちゃんとできれば、それだけで美しい剣道《けんどう》に近づけるから。でも、まあ。」

監督《かんとく》は、わたしの頭をワシワシとなでた。

「悪《わる》かったな。ちょっとあせりすぎたのかもしれない。茜《あかね》によく『お父さんはデリカシーがない』って怒《おこ》られるんだよ。」


その夜、わたしは鏡《かがみ》の前で立ったりすわったりをくりかえした。

頭のなかで、茜《あかね》さんのうごきをなんども再生《さいせい》する。

ちがう。茜さんはこんなんじゃなかった。

あやつり人形《にんぎょう》が、糸でひっぱられるみたいに。

エレベーターがのぼるみたいに。

どこにも力《りき》みがなく、ぶれもなく。

まっすぐ、上に。

立ったりすわったりすることが、こんなにむずかしいなんて、いままで思ったことなかった。

あんなに美しい、と思ったことも。

四 おへそとおへそがむかいあう

二週間ほどして、監督《かんとく》はわたしに防具《ぼうぐ》をもってきてくれた。

「そろそろ、成美《なるみ》もみんなと同じメニューで稽古《けいこ》してみよう。しばらくは、わたしがむかしつかっていた防具を貸《か》してやるから。」

監督が貸してくれた防具。黒い胴《どう》はきずだらけで、小手《こて》にはつぎがあたっている。面《めん》は色あせて、ひもがボロボロだ。

茜《あかね》さんのやり方を見よう見まねで、自分で胴をつけた。頭に手ぬぐいをまくと、その上から茜さんが面をかぶせて、ひもをぎゅっとひっぱってむすんでくれた。

耳がぎゅうぎゅうおされている感じ。よくきこえない。

「茜さん。」

「なに。」

「やってもらってありがたいんですけれど、ちょっときつすぎるような気が……。」

「このぐらいしめたほうがいい。」

茜《あかね》さんは無愛想《ぶあいそう》にいう。

茜さんはあまりしゃべらない。無口《むくち》な人みたいだ。

わたしは両手に小手《こて》をはめて、立ちあがった。

「か、監督《かんとく》。」

「どうした？」

「重いです。」

「すぐなれる。がんばれ。」

わたしはふらふらと、みんなの後ろにならんだ。

頭がきつい。そして、重い。

「やー、メーン！」

みんなは大声をあげて、監督のさしだした竹刀《しない》を打《う》ってかけぬけていく。

視界《しかい》がせまい。鉄格子《てつごうし》のしましましまで、前さえもよく見えない。

あ、わたしの番《ばん》。行かなきゃ。

「めぇぇぇぇん。」

「なんだそれは。羊《ひつじ》か。もっと腹《はら》から声だせ。」

「はあい。」

わたしはまたふらふらとならぶ。

「めぇぇぇぇん。」

「だから、その気のぬけるかけ声はやめろ。」

「監督《かんとく》。」

「なんだ。」

「鼻の頭がかゆいです。」

「がまんしろ。」

「がまんできません。」

「自分《じぶん》でなんとかしろ。」

わたしは小手《こて》をはずして、鉄格子《てつごうし》のすきまからむりやり指をおしいれて、ポリポリとかいた。

すごいなあ、みんな。防具《ぼうぐ》をつけてうごくだけでこんなにたいへんなのに、あんなにかるがると走ってる。

「つぎは、切りかえし。浩次郎《こうじろう》と太一《たいち》、茜《あかね》と成美《なるみ》で組め。成美と組むときは、面打《めんう》ちだけでいいぞ。」

監督《かんとく》は、わたしのところにきて教えてくれた。

「いいか、まずは面《めん》だけでいい。きれいな、正しい面を打てるようになること。これが第一目標《だいいちもくひょう》だ。茜、やってみせろ。成美は受《う》けるほうな。」

茜さんは竹刀《しない》をピタリとわたしのほうにむけた。

「ヤー!」

竹刀が大きくふりあげられる。

ビュッ!

赤い胴《どう》が、殺気《さっき》となって、みるみるせまってくる。

こ、こわい！

「メーン！」

ダン！　と足音がして、わたしは後頭部《こうとうぶ》にズシン、と重い一撃《いちげき》をくらった。

「いたい……。」

頭をおさえて、その場にしゃがみこんだ。

「きゃっ。」

茜《あかね》さんはわたしにけつまずきそうになり、短い悲鳴《ひめい》をあげてわたしを飛《と》びこえた。

「なにやってるんだ！　受《う》けたらどくんだよ！」

監督《かんとく》がどなりながらやってきた。

「……い、いたいです……。」

頭がジンジンして、なみだがでそう。

「成美《なるみ》、おまえはさっきな、こわくて下をむいてしまったんだ。だから、竹刀《しない》が頭の後ろにあたった。」

監督はわたしのうでをひっぱって立たせた。

「胸《むね》をはって、まっすぐに前を見ていれば、ちゃんと頭の真上《まうえ》にあたる。そうすれば、いたくないはずだ。」

ああ、そうか。

こわくて、反射的《はんしゃてき》に首をすくめてしまった。だから、竹刀《しない》が後頭部《こうとうぶ》の、手ぬぐいでしか守られていない部分にあたってしまったんだ。顔をあげていれば、ぶあつい紺色《こんいろ》の布《ぬの》で守られている、頭のてっぺんにあたるはず。

こわくない、こわくない……。

おまじないのようにくりかえして、まっすぐ前をむきつづける。ズシン、と頭に衝撃《しょうげき》がはしる。ジンジンするのをこらえて、さっと場所をあける。

いたくないはずって、監督《かんとく》はいうけれど。でも、やっぱり頭全体《あたまぜんたい》にすごい衝撃がくる。

「よし、交代《こうたい》。」

監督のかけ声で、こんどはわたしが打《う》つことになった。

「めえええん。」

ぽこ。

「めええええん。」

ぽこ。

わたし、ちゃんとできてるよね？

「つぎは浩次郎《こうじろう》と成美《なるみ》、太一《たいち》と茜《あかね》が組め。」

やだな。浩次郎くんと組むなんて。いつも、意地悪《いじわる》なことばかりいってくるし。

「おまえから打《う》て。」

浩次郎くんは、ななめ上にわたしをにらみながらいった。

「はい。」

わたしはさがって、面《めん》を打ちにいった。

「めええええん。」

ぽこ。

「めええええん。」

ぽこ。

「バカにしてんのか！」

とつぜん、浩次郎《こうじろう》くんは竹刀《しない》の先でわたしの胴《どう》をついた。

「おれのこと、チビだと思ってバカにしてんだろ、え？」

「まさか、そんなことないです。」

「じゃあ、なんで本気《ほんき》で打《う》ってこないんだよ！」

「がんばって、打ってます、けど……。」

「けど、なんだよ。」

「だって、まっすぐにすすんだら、ぶつかりそうで……。」

「ちゃんとよけるよ！」

「へんなところにあてちゃったら、いたいだろうし……。」

「そんなの、平気《へいき》だよ！」

浩次郎くんは、目を三角《さんかく》にして怒《おこ》っている。

「だって……、だって……。」

がんばってやっているのに、どうしてこんなに怒られなきゃいけないの？

「おかーさんに、自分《じぶん》がされてイヤなことは、人にしてはいけない、っていわれてるんですよ。それに、よくいうでしょ、他人《たにん》に暴力《ぼうりょく》をふるってはいけない、とか。先に手をだしたほうが負け、とか。」

「意味わかんねえよ、おまえ。なんで剣道《けんどう》やってんだよ。」

「怒《おこ》るなよ、浩次郎《こうじろう》。」

石田《いしだ》くんが、あいだに入った。

「林《はやし》さん、ぼくと組もうよ。」

「石田くんと？」

「うん。ぼくもね、最初《さいしょ》のうちは、打《う》つのも打たれるのもこわかったんだ。」

石田くんは、わたしのほうに竹刀《しない》をむけた。

「思いっきり打ってきていいよ。学校のすもう大会で、ぼく学年の横綱《よこづな》だったの知ってるでしょ。となりのクラスなんだから。」

「あ、うん。石田くん、あのときすごかったよね。」

「きみぐらいの力じゃ、ぜんぜん平気《へいき》だから。もう、ぶつかるつもりで正面《しょうめん》から打ってきて。」

「う、うん……。」

わたしは、石田《いしだ》くんに竹刀《しない》をむけてかまえた。

「ちがうよ、林《はやし》さん。そこ、正面《しょうめん》じゃないよ。」

「え？」

わたしはびっくりして自分《じぶん》の竹刀の先を見た。

まっすぐに、石田くんの竹刀の先にむかっているように思うけれど……。

「林さんの体はもう、わかるはずだよ。おへそのあたりで、正面かどうか感じるんだ。」

おへそ……？

ジリッ、ジリッと足をうごかす。

あ。

ひょっとして、この感じ？

わたしのおへそと石田くんのおへそが、ピン、とむかいあっているような感じがする。

「そう、そこだよ。そのまままっすぐに、こい。」

わたしは息をすう。

そして、止めた。

左足で体をおしだす。

「メ―――ン！」

その瞬間《しゅんかん》、世界《せかい》が真《ま》っ白《しろ》になった。

五

剣道《けんどう》って、めんどくさい

「なにやってんだよ、太一《たいち》。」

「ごめん、つい……。」

「『まっすぐにこい』とかいっちゃって、思いっきりはじきとばすなんて……。」

「なんかさ、思ってもみないタイミングで飛びこんできたもんで、体が勝手《かって》に……。」

こそこそした声のなかに、監督《かんとく》のはっきりした声がわりこんできた。

「手足が長いぶん、リーチがほかの人より長いんだ。そのうえ、なんだか独特《どくとく》の間《ま》をもってる。気をつけないと。」

監督の大きな手が、わたしをだきおこした。

「おい、だいじょうぶか。」

「わ、わたし……？」

「太一《たいち》が、きみに体《たい》あたりをくらわしたんだ。立てるか？」

わたしはふらふらしながら、立ちあがった。

「ごめん、林《はやし》さん。ほんとうに、ごめん。」

石田《いしだ》くんはぺこぺこと頭をさげている。

「石田くん。」

わたしも石田くんに頭をさげた。

「どうも、ありがとう。」

「え？　林さん、頭も打《う》った？」

「打ってないよ。ただ、ありがとうっていいたいの。」

頭が真《ま》っ白《しろ》になったあの瞬間《しゅんかん》。不思議《ふしぎ》な気持ちよさがあった。

いまでも、それは体にのこっている。

「成美《なるみ》、ちょっと休んで見学していろ。」

監督《かんとく》にいわれて面《めん》をはずし、道場《どうじょう》のすみにすわって、いつものように試合《しあい》を見学した。

きょうは、わたしも試合《しあい》をしなきゃいけないのかも、と思っていたから、残念《ざんねん》なような、ちょっとホッとしたような。

「試合、見ていておもしろいか。」

監督《かんとく》がとなりにすわった。

「あの……、正直《しょうじき》にいってもいいですか？」

「どうぞ。」

「さっぱりわかりません。」

監督は、楽しそうにくっくっとわらった。

「一本《いっぽん》とは、充実《じゅうじつ》した気勢《きせい》で、姿勢正《しせいただ》しく、竹刀《しない》の物打《ものう》ちで、有効打突部位《ゆうこうだとつぶい》を刃筋正《はすじただ》しく的確《てきかく》にとらえ、打突《だとつ》し、残心《ざんしん》があるものとする。」

「なんですか、それ？」

「声がでていること。姿勢が正しいこと。竹刀の先四分の一の部分で打《う》つこと。あたる場所が正しいこと。竹刀のつるの部分が真上《まうえ》になるように、まっすぐに打っていること。『残心』といって、打った後、油断《ゆだん》せずに気がまえをたもっていること。このぜんぶがそろっていて、はじめて、一本《いっぽん》になるんだ。」

はあ。どうりで。

あんなに打《う》っているように見えるのに、なかなか試合《しあい》の決着《けっちゃく》がつかないと思ったら、そういうわけだったんだ。

「……なんか、めんどくさいですね、剣道《けんどう》って。」

「どういう意味だ?」

「テレビでフェンシングを見たことあるんです。オリンピックだったと思うんですけど。フェンシングって、あたったらピカッて頭の上が光るんですよね。」

「ああ、たしかに。」

「そういうのって、だれが見てもわかるじゃないですか。」

「そういう意味なら、剣道《けんどう》はたしかにわかりにくいね。体勢《たいせい》がくずれていては一本にならない。声がでていなければ一本にならない。打ちおわった後の残心《ざんしん》も問題《もんだい》になる。」

「だから、あんまりやる人がいないんじゃないですか。……あ、すみません、つい。」

「そうかもな。」

監督《かんとく》はスッと立ちあがった。あの美しい立ち方で。

「でも、オリンピックがすべてじゃないだろう？」

スポーツをやる人って、オリンピックをめざしているものかと思っていたけれど。

サッカーだったらJリーグとか。野球《やきゅう》だったらメジャーリーグとか。

剣道《けんどう》は、ちがうの？

「よし、きょうの稽古《けいこ》は、ここまで。」

監督がパンパン、と手を打《う》った。

「いよいよ、地区《ちく》大会が一か月半後にせまってきた。強化稽古《きょうかけいこ》をはじめるぞ。」

「よしっ。」

浩次郎《こうじろう》くんが、まってましたとばかりにさけんだ。

「強化稽古ってなに？」

石田《いしだ》くんにこそっときいてみた。

「大会の前には、月・水・金の夜にも稽古をするんだ。土曜日の午前中はいつもの稽古だろう？　あと、監督がこられる日は、日曜日にもやる。」

ええ？　土曜日だけ、じゃなかったの？

「もちろん、自由参加《じゆうさんか》だよ。こられない人はこなくていい。でもね。」

石田《いしだ》くんは、ギラギラした目でわたしを見た。

「ぼくと浩次郎《こうじろう》は、でられる日はぜんぶでるよ。茜《あかね》も、監督《かんとく》がくる日はいっしょにくる。ってことは、だいたい全員がでるってことさ。林《はやし》さんもくるだろ？」

そ、そんな……。

あぜんとしているわたしの耳に、ボソッと吐《は》きすてるような声がきこえた。

「ふん。剣道《けんどう》バカ。」

え？　いまの声って、茜《あかね》さん？

おどろいてふりかえったけれど、ととのった横顔はなんの表情《ひょうじょう》もうかべていなかった。

恐怖《きょうふ》というのは、なれればうすまっていくものだと知った。

打《う》つことも打たれることも、最初《さいしょ》はあんなにこわかったのに、週に五回も剣道《けんどう》をやっていると、あたりまえになった。

ときどき、首をすくめてしまって、打《う》たれそこなうこともある。

そんな日は、お風呂《ふろ》でシャンプーをしていると、指がふれるたびに頭がズキズキといたんだ。


「成美《なるみ》ちゃんさあ、最近《さいきん》、ぜんぜんパパと話してくれないじゃない？」

画面《がめん》のなかのパパが、不満《ふまん》そうにいう。

「毎日ねむくって。稽古《けいこ》がおわって、お風呂《ふろ》入ったらすぐ寝《ね》ちゃうの。」

「えー、つまんない。もうちょっと夜ふかししようよ〜。」

親なら、「早く寝なさい」っていうものでしょうに。

「おぼえてる？　パパが剣道《けんどう》やってくれってわたしにたのんだ。じゃあ、早く寝るのもパパのせい。」

「やだな〜、成美ちゃん、ひょっとして反抗期《はんこうき》？」

パパは口をとがらせる。その上には、りっぱに育《そだ》った口《くち》ヒゲ。

「パパ、なんだかメキシコ人みたいになったね。日焼《ひや》けしたんじゃない？」

「おお。このあいだ、アントニオの一家に海につれていってもらったんだ。」

「あ、アントニオさんの家族に会ったの？　わたしの剣道《けんどう》の写真、見せた？」

「見せた見せた。ありがとうな、たくさん送ってくれて。『オー、サムライガール！』って大《おお》うけだったよ。プリントアウトしたのを、みんなにプレゼントしたよ。」

たくさん送ったのは、ママだけれど。ときどき、練習風景《れんしゅうふうけい》をデジカメで撮影《さつえい》していたから。

「これなんか、とくにかっこいい、って、みんながほしがったよ。」

パパは一枚《まい》の写真をさしだした。

うつっているのは、赤い胴《どう》の女の子が、躍動的《やくどうてき》な面《めん》を決めているショット。

「パパ？」

「ん？」

「わたし、監督《かんとく》から借《か》りている黒い胴をつけているの。これ、赤い胴よね？」

「そうだね。」

「これ、わたしじゃなくて茜《あかね》さん。気がつかなかったの？」

「まあ、いいじゃないか。むこうはよろこんでくれたし。どうせ顔は見えないし。」

そうか！　面《めん》をつけているから、顔がわからないんだ。

ということは、だれでもよかったってことじゃない？　べつにわたしが剣道《けんどう》をやらなくても、写真だけ撮《と》らせてもらえば、それでよかったんだ。

ああ、もう。

わたしは頭をぐしゃぐしゃとかきむしった。

じゃあ、わたしはなんのために剣道をやっているの？

六 はじめての大会

夏休みに入って、最初《さいしょ》の土曜日。

試合《しあい》会場は、むんむんする熱気《ねっき》につつまれていた。

胴着《どうぎ》、袴《はかま》に防具《ぼうぐ》をつけた子どもたちで、市の総合体育館《そうごうたいいくかん》はいっぱい。

剣道《けんどう》をやっている小学生って、こんなにたくさんいるんだ。ふだんはぜんぜん見かけないのに。いつもはどこにいるんだろう?

「試合はトーナメント制《せい》だ。負けたらおわり。覚悟《かくご》して戦《たたか》え。」

監督《かんとく》の言葉に、みんなは「ハイ!」と大きく返事《へんじ》をした。

「成美《なるみ》は、きょうはまず試合になれることだ。ガチガチにならず、思いきってぶつかっていけ。」

「わ、わかりました。」

ガチガチにならず、って気軽《きがる》にいうけれど……。

このたくさんの人を見ただけで、すでにガチガチなんですけれど？

わたしたち「瑞法寺剣道《ずいほうじけんどう》クラブ」のオーダーは、監督《かんとく》がこんなふうに決めていた。

一番目、先鋒《せんぽう》は浩次郎《こうじろう》くん。

二番目、次鋒《じほう》はいない。ここは、最初《さいしょ》から負けていることになる。

三番目、中堅《ちゅうけん》は石田《いしだ》くん。

四番目、副将《ふくしょう》はわたし。

五番目、大将《たいしょう》は茜《あかね》さん。

試合《しあい》は、三分間三本勝負だ。二本とったら、その時点《じてん》で勝ちが決まる。三分のあいだに、どちらかが一本とっていれば、そっちの勝ち。両方とも一本ずつか、どちらも一本もとれていない場合は、引き分けとなる。

浩次郎くんの試合がはじまった。

浩次郎くんは竹刀《しない》をゆらして、相手《あいて》を挑発《ちょうはつ》する。「ほら、こいよ」といつもの意地悪《いじわる》そうな声でいうのがきこえるみたいだ。相手《あいて》が打《う》ってこようとしてふみこむと……。

ピョーン。

浩次郎《こうじろう》くんは跳《と》んだ。バッタみたい。

ダン、と右足がふみこみ、同時に、パシーン、と相手の面《めん》に竹刀《しない》があたった。

「面あり！」

二本目も、浩次郎くんはピョーンととびこんだ。

「小手《こて》あり！」

浩次郎くんはあぶなげなく、二本勝ちを決めた。

つぎは、石田《いしだ》くんの試合《しあい》。

相手の子は大きくてがっちりしていて、中学生みたいに見える。石田くんだって、
けっこう大きいのに。それよりもっと大きい。

開始早々《かいしそうそう》、ふたりはまんなかでぶつかりあった。竹刀と竹刀を合わせて、おしあう。

こういうのを、つばぜり合い、っていうらしい。

「わかれ！」

つばぜり合いの時間が長すぎたみたいで、審判《しんぱん》がふたりをはなれさせた。かまえなおしてから、また試合《しあい》がはじまる。

じりじりとまわりながら、ふたりは相手《あいて》の出方《でかた》をうかがっている。

「メーン。」

「メーン。」

同時にふみこんで、またまんなかでぶつかりあった。

はげしいつばぜり合い。石田《いしだ》くんの荒《あら》い息《いき》の音がきこえてくるようだ。

「ヤ――――ッ。」

石田《いしだ》くんは相手をぐっとおした。エビのように後ろに跳《と》びすさりながら、相手の面《めん》に竹刀《しない》を打《う》ちこんだ。

「メーン!」

審判《しんぱん》の先生が、サッと赤い旗《はた》をあげた。

「面あり!」

知らず知らずのうちに息を止めて、手をギュッとにぎりしめていたわたしは、ホーッと息をついた。

やった。石田《いしだ》くん、一本とった。

相手《あいて》はそれから猛攻撃《もうこうげき》をかけてきたけれど、石田くんはたえしのいで、終了《しゅうりょう》の笛《ふえ》がなるまで、相手に決めさせなかった。

すごい。石田くん、自分《じぶん》より大きな相手に一本勝ちだ。

「林《はやし》さん、がんばって。」

すれちがいざま、石田くんがわたしの耳にささやいた。

ハアハア息をして、肩《かた》が上下している。胴着《どうぎ》の背中《せなか》が、汗《あせ》で色が変《か》わっている。

三分間試合《しあい》をするって、たいへんなことだ。わたし、うごきつづけられるかな。

不安《ふあん》でいっぱいの気持ちで、開始線《かいしせん》の上に立った。蹲踞《そんきょ》をしながら竹刀《しない》をかまえ、相手と剣先《けんさき》をあわせる。

これだけはきれいにできるようになった、と思う。茜《あかね》さんの姿《すがた》を思いえがきながら、がんばって練習してよかった。

「はじめ！」

審判《しんぱん》の先生が声を発《はっ》する。

「ヤーッ！」

バシッ。

手首に衝撃《しょうげき》がはしった。

え？

相手《あいて》は、すでにわたしの後ろにかけぬけている。

「小手《こて》あり！」

審判の先生が、さっと白旗《しろはた》をあげた。

はじめの声と同時に、小手を打《う》ったってこと？　なにそれ、ずるくない？

「赤、開始線《かいしせん》にもどって。」

主審《しゅしん》の先生に注意されて、わたしはあわててかけもどった。

もう一度竹刀《しない》をあわせる。

「はじめ！」

「ヤーッ。」

また小手《こて》を打《う》ってきた相手《あいて》を、わたしはかろうじてかわした。
二度も同じ手にひっかかるもんですか。
ふりむいたとたん、相手の竹刀《しない》が頭のすぐ上にあった。
「メ――――ン。」
声がしたのと、頭に衝撃《しょうげき》がはしったのは、ほぼ同時だった。
「面《めん》あり！」
白旗《しろはた》があがった。
二本、とられた。負けた。負けたんだ。
開始線《かいしせん》にもどって、竹刀をおさめた。
時計を見た。まだ、十二秒《びょう》しかたっていない。
汗《あせ》をかくひまも、息があがるひまもなかった。
コートの横にすわって、面《めん》をはずした。さっき、つけたばっかりだったのに。
茜《あかね》さんの試合《しあい》がはじまった。
なんだか不思議《ふしぎ》な試合だ。茜さんはただかまえているだけなのに、相手はなぜか、ふみこんでこようとしない。

「メーン！」

茜《あかね》さんは、いともかんたんに、きれいな面《めん》を打《う》ちこんだ。

「茜、すごいだろ。」

石田《いしだ》くんがささやく。

「なんで、あんなにかんたんに打てるの？」

わからなかった。茜さんはただかまえていて、なにもしていないみたいに見える。

「一度、試合《しあい》してみればわかるよ。ぜんぜんスキがないんだ。だから、どう攻《せ》めたらいいか考えているうちに、いつのまにか間合《まあ》いをつめられている。」

石田くんはため息《いき》まじりにいう。

「ぼくも、そんな試合ができるようになったらな。そうしたら、足がおそくても、うごきが鈍《にぶ》くても関係《かんけい》ないからさ。」

わたしは、二本目をはじめるためにかまえている茜さんを観察《かんさつ》した。蹲踞《そんきょ》もきれいだったけど、かまえはもっときれい。

あ、ほんとうだ。よく見ていると、すべるように、すこしずつ前にでている。上半身《じょうはんしん》がまったくうごいていないから、わからないんだ。筋肉痛《きんにくつう》になるほど練習させられた足のうごきには、こんな意味があったんだ。

自分《じぶん》の間合《まあ》いまで距離《きょり》をつめた茜《あかね》さんは、スパンと面《めん》を打《う》ちこんだ。二本とるのに、三十秒《びょう》もかかっていない。

わたしは秒殺《びょうさつ》された。茜さんは秒殺した。

その後の試合《しあい》も、同じような展開《てんかい》だった。わたしは、あっというまに負けた。ほかの三人は勝ちつづけた。

そうやって「瑞法寺剣道《ずいほうじけんどう》クラブ」は、順調《じゅんちょう》にトーナメントを勝ちあがっていった。

「さて。」

監督《かんとく》が、うで組《ぐ》みをしていう。

「つぎの試合が、決勝戦《けっしょうせん》だ。自分《じぶん》の、いまもてる力を十分《じゅうぶん》に発揮《はっき》するように。」

みんな、「やるぞ!」という顔でうなずく。わたしはそんな顔ができない。

わたし、ここにいてもいいいんでしょうか。

「石田《いしだ》くん……。」

わたしは、こっそり石田くんの背中《せなか》によびかけた。

「ごめんね、わたし、ぜんぜん勝てなくて……。」

「いいんだよ、林《はやし》さんはまだはじめたばっかりじゃないか。きょうは試合《しあい》の雰囲気《ふんいき》になれると思って、ね？」

「もういい加減《かげん》なれただろ？」

浩次郎《こうじろう》くんの意地悪《いじわる》な声がわりこんでくる。

「何試合《なんしあい》したんだよ、え？　最初《さいしょ》の試合から、ぜんぜん進歩《しんぽ》してないじゃないか。」

う……。

わたし、進歩していないでしょうか。

決勝戦《けっしょうせん》の相手《あいて》は、やっぱり強いみたいだった。浩次郎くんはなんとか一本勝ちを決めたけれど、あの石田くんが、なかなか一本が決められない。三分間、どちらも決め手《きて》に欠《か》ける試合がつづいて、最後《さいご》の最後に、石田くんが面《めん》をとられてしまった。

「すみません、監督《かんとく》。」

汗《あせ》びっしょりの石田《いしだ》くんが、うなだれてもどってくる。

「最後《さいご》、足のうごきが鈍《にぶ》くなったな。何試合《なんしあい》もしてつかれているだろうが、そこでもう一歩、スキのないかまえをつづけないと……。」

監督《かんとく》が話している声をききながら、わたしは試合場《しあいじょう》にでていった。

『もし、ぼくが負けてもきみが引《ひ》き分《わ》けてくれれば、代表戦《だいひょうせん》で茜《あかね》がでて勝てる。』

前に、石田くんにそんなふうにいわれたっけ。

引き分け。できるかな。

とにかく、打《う》たれないように気をつけよう。ドッジボールみたいに、時間がおわるまで逃《に》げまわったらいいのかもしれない。

試合がはじまった。

慎重《しんちょう》に、慎重に。

わたしはジリジリとさがって、コートのすみをまわった。

むこうは攻《せ》める気まんまんみたいだ。ぐんぐん近よってくる。

「メーン!」

逃《に》げろ！

わたしはさっと横にとんだ。

むこうはいきおいあまって、コートから飛《と》びだした。

「場外反則《じょうがいはんそく》！　一回！」

審判《しんぱん》の先生が、声をあげた。

「おい、反則二回で一本だぞ。気をつけろ。」

相手側《あいてがわ》の監督《かんとく》がさけんだ。

そうなの？　反則二回で、一本になるの？

もしも、もう一回、相手が反則をしたとしたら。わたしでも、一本がとれる？

開始線《かいしせん》にもどって、試合《しあい》を再開《さいかい》した。わたしはまた、ジリジリ、ジリジリと後ろにさがっていく。

いけるかも。逃《に》げまわることなら、ドッジボールできたえているもん。

相手も、こんどは場外《じょうがい》にでないように気をつけているみたいだ。なかなかふみこんでこない。

わざと、すこし竹刀《しない》をさげてさそってみた。

「メーン！」

よし、きた！

さっきとは逆《ぎゃく》の方向《ほうこう》によける。相手《あいて》はあわててラインの際《きわ》でふんばった。よろけたふりをして、ぶつかった。バランスをくずしかけていた相手は、かるくあたっただけで大きくのけぞった。

相手の足が、ラインの外に、でた。

「場外《じょうがい》二回！　反則《はんそく》一本！」

「やった！」

思わずガッツポーズした。

はじめて一本とったよ。石田《いしだ》くんの負けを、わたし、とりもどしたよ……。

「合議《ごうぎ》！」

主審《しゅしん》の先生が、大声をあげた。

え？　なに？

わたしがキョロキョロしていると、先生が手で、さがるように合図《あいず》した。開始線《かいしせん》まで
さがると、また、すわるように手のひらを下にむけて合図する。
蹲踞《そんきょ》の姿勢《しせい》でまっていると、まんなかに三人の審判《しんぱん》の先生があつまって、ゴソゴソと
話しはじめた。
なに？　なにしているんだろう。いままでの試合で、こんなことなかった。
やがて、主審《しゅしん》の先生がわたしのところに近づいてきて、さとすようにいった。
「ガッツポーズはしちゃいけないんだよ。」
わたしはびっくりして先生の顔をまじまじと見つめた。
どうして？　そんなの、きいたことない。
主審の先生はまんなかにもどり、旗《はた》を体の前で交差《こうさ》させながらいった。
「先ほどの一本は、とりけしとします。」
え？　わたしの一本、とりけしになっちゃったの？

七
もしも真剣《しんけん》だったなら

ぼうぜんと立ちつくすわたしに、相手《あいて》は面《めん》を打《う》ちこんできた。

よけることも、ふせぐこともできなかった。

「面あり！」

そのまま、時間切れで試合《しあい》は終了《しゅうりょう》した。

もともと、人数がひとり足りない。石田《いしだ》くんとわたしが負けた時点《じてん》で、わたしたちのチームは負けが確定《かくてい》していた。

それでも、茜《あかね》さんは勝った。文句《もんく》のつけようのない二本勝ちだった。

「……どうして？」

わたしは、石田くんにそっときいた。

「どうしてガッツポーズしたら、一本がとりけしになるの？」

「剣道《けんどう》ではね、勝ちをよろこんじゃいけないんだって。ガッツポーズをしたら、一本をとりけしされるってきいたことあるけど……。」

石田《いしだ》くんの口もとが、わらいだしそうにひくひくした。

「ほんとうにとりけしされた人を見たのは、はじめてだよ。」

顔がカッとあつくなって、火がでるかと思った。

「剣道《けんどう》は、勝ち負けを競《きそ》うものではないから、ガッツポーズをしてはいけないんだ。」

監督《かんとく》がしずかな声でいった。

「意味がわかりません。サッカーだってなんだって、勝てばガッツポーズするじゃないですか。」

「剣道は、武道《ぶどう》なんだ。もとは、武士《ぶし》が真剣《しんけん》、つまり本物《ほんもの》の刀《かたな》で斬《き》りあいしていたのを、いまは竹刀《しない》でおこなっている。おまえは、相手《あいて》が血《ち》まみれで自分《じぶん》の足もとに横たわっていても、ガッツポーズができるか？」

「う……。」

言葉につまった。

一瞬《いっしゅん》、胴着《どうぎ》を真《ま》っ赤《か》に染《そ》めてたおれている、だれかの姿《すがた》を想像《そうぞう》した。さっきまで戦《たたか》っていたはずなのに、顔もわからない相手《あいて》。体は血《ち》だらけだけれど、顔はのっぺらぼう。わたしの相手の子は、だれだったんだろう。名前をちゃんと見ていなかった。男の子か、女の子かもわからない。

「まあ、そのことを事前《じぜん》に教えておかなかった、わたしのミスでもある。それより問題《もんだい》は、成美《なるみ》、おまえは相手の反則《はんそく》をねらっていただろう。わたしはそんなことを教えたか？　きょうの朝、おまえになんていった？」

「ガチガチにならず……思いきって……ぶつかっていけ……。」

わたしはうつむいて、ぼそぼそといった。

「決勝戦《けっしょうせん》で、おまえはそれができていたか？」

「……。」

「できていたか？」

「そんなの、きれいごとですよ！」

わたしは思わずさけんでいた。

「勝ち負けを競《きそ》うものではないって、じゃあなんで試合《しあい》するんですか？　試合する意味ないじゃないですか。やっと一本とれたんですよ。ドッジボールでは逃《に》げまわって、バスケットボールでは人間風車《にんげんふうしゃ》ってよばれて、でもはじめてチームの役《やく》に立《た》てそうだったんですよ。うれしく思っちゃいけないんですか。わたし、そんなにおかしいですか。」

防具《ぼうぐ》を手ばやく防具袋《ぼうぐぶくろ》につっこんで、監督《かんとく》にさしだした。

「剣道《けんどう》やめます。」

石田《いしだ》くんが息をのんだ。

「そんな、林《はやし》さん、わらってわるかったよ、だから……。」

わたしは防具袋をダン、と監督の前においた。

「これ、おかえしします。いままで、ありがとうございました。」

浩次郎《こうじろう》くんは小さく「ひえー」といった。

茜《あかね》さんはいつもの無表情《むひょうじょう》のまま、だまってわたしを見ている。

「おい、いまから表彰式《ひょうしょうしき》だぞ。準優勝《じゅんゆうしょう》の賞状《しょうじょう》がくばられる。ちゃんとでていけ。」

監督《かんとく》がきびしい表情《ひょうじょう》でいった。

「賞状《しょうじょう》なんて、もらえるわけないじゃないですか。一勝もできなくて……チームのお荷《に》物《もつ》なのに……。」

なみだがあふれてきた。

顔をかくすようにして、わたしはみんなに背《せ》をむけ、会場を走ってでた。

「成美《なるみ》！　成美！」

駐車場《ちゅうしゃじょう》のほうまでくると、ママが走って追いかけてきた。

わたしは足を止めて、うつむいたままいった。

「わたし、やめるね。」

観客席《かんきゃくせき》で応援《おうえん》していたママは、一部始終《いちぶしじゅう》を見ていたはずだ。

「春からずっと、わたし、がんばったよね？　でも、だめだった。やっぱり、わたしにはむりだった。」

ママはなにかいおうとして、うでをふりまわし、でもなんの言葉も、うでの行き先も見つけることができなかったらしく、だまってわたしの肩《かた》にそっと手をおいた。

小さい子みたいにしゃくりあげながら、わたしはとぼとぼと車にむかって歩いた。

「剣道《けんどう》やめてもいいよね？　もう、『サムライガール』の写真もたくさんくばったもんね？」

パパはだまっている。ただなつかしそうな目で、わたしを見ている。

「パパ、なんとかいってよ。」

「そういえば。」

パパがやっと口をひらいた。

「段《だん》ボール、とどいたぞ。ありがとうな。パパの好《す》きなもの、たくさん入れてくれたんだね。」

ああ、あのときの。

「やっと、とどいたんだ。目の前にいるみたいに話しているのに、やっぱり地球《ちきゅう》の裏側《うらがわ》にいるんだね。」

「そうだな。日本は……遠いな。」

パパは、またずまりこんだ。

いつもとちがう。パパ、どうしたんだろう。

「ちょっと、ママとかわってくれるか。」

「わかった。」

ママをよびにいこうとすると、

「成美《なるみ》。」

と、パパがわたしをよびとめた。

「剣道《けんどう》のことは、おまえの好《す》きにしていいぞ。いままでがんばってくれて、ありがとう。」

パパが、ほんとうにおかしい。

その夜、パパとママはおそくまでふたりでなにかを話していた。

はじまったばかりの夏休み。ぽっかりとひまになってしまった。

窓《まど》いっぱいの、四角《しかく》い青い空。入道雲《にゅうどうぐも》がムクムクわいているのが見える。

わたしはショートパンツをはいて、大《だい》の字になって床《ゆか》に寝《ね》ころがっていた。

夏はやっぱり、こうだよね。浴衣《ゆかた》なんて暑《あつ》くって、すぐに汗《あせ》だくだもん。

「成美《なるみ》、電話よ。」

ママの声がした。

「だれから？」

「北島《きたじま》さん。」

「げっ。監督《かんとく》？」

「ううん。茜《あかね》ちゃんのほう。」

クラブにもどれって、説得《せっとく》するつもりなんだろうか。

「いないっていって。」

「もう、いるっていっちゃった。」

はああ。

わたしはノロノロと電話口《でんわぐち》にでた。

「もしもし、茜さん？　あの、剣道《けんどう》クラブにもどれっていうのなら、わたし、気持ちは変《か》わりませんから。話しあってもむだですから。」

「なにいってるの？」

受話器《じゅわき》のむこうから、茜《あかね》さんのけげんそうな声がきこえた。

「そんなことはどうでもいいの。それより、あしたの午後、あいてる？」

「はあ。あいてますけど。」

「じゃ、二時に駅の北口に集合。それでね。」

茜《あかね》さんは声をひそめた。

「なるべく大人《おとな》っぽいスカートはいてきて。」

「え？　なんで？」

「ごめん、いまはくわしく話せないの。じゃ、あしたね。」

電話は、一方的《いっぽうてき》にきれた。

わたしはまゆをひそめて、受話器をながめる。

いったい、どういうこと？

八

やらされているだけなのよ

午後二時。

「おまたせ。」

ポン、と肩《かた》をたたかれ、ふりむいたわたしは「人ちがいです」といって目をそらした。

「やだなあ。なにいってるのよ、成美《なるみ》ちゃん。」

ふりかえって、もう一度その人物《じんぶつ》をながめた。

「あ……茜《あかね》さん？」

ピンクの小花《こはな》もようのミニスカート。ミントグリーンのTシャツには、有名《ゆうめい》なブランドのロゴが、胸《むね》のあたりにキラキラと光っている。ラメがかがやくバッグとサンダルは、おそろいの銀色《ぎんいろ》。

いつも無造作《むぞうさ》にひとつにまとめている髪《かみ》は、何本もの細《こま》かい編《あ》みこみをした後、頭の片側《かたがわ》の高い位置《いち》でポニーテール風《ふう》にむすぶという、なんともこった髪型《かみがた》になっている。目の上がキラキラして、くちびるも桜貝《さくらがい》のような色だ。

茜《あかね》さん、お化粧《けしょう》してる？

「す……、すみません、いつも、胴着《どうぎ》かジャージ姿《すがた》しか見たことなかったから……。」

茜さんは満足《まんぞく》そうにうなずいた。

「どうかな、このコーデ？　ひと晩《ばん》考えたのよ。似合《にあ》ってる？」

「そりゃあ、もう。」

美人だしスラッとしているし、なにを着ても似合う。

「ちょっときて。」

茜さんは、わたしを近くのデパートのトイレに引っぱっていった。

メイクルームの鏡《かがみ》の前で、もっていた紙袋《かみぶくろ》から紺色《こんいろ》のジャケットをとりだし、わたしの手におしつけた。

「ちょっと暑《あつ》いと思うけど、上にこれ着てくれる？」

「はあ。なんでまた。」

「いい？　きょうは成美《なるみ》ちゃん、わたしのいとこの高校生ってことにしておいて。友だちのなかで、成美ちゃんがいちばん背《せ》が高いのよ。成美ちゃんなら、メイクすれば高校生に見える。」

わたし、茜《あかね》さんのなかで友だちだと認定《にんてい》されていたんですね？

いやいや、よろこんでいる場合じゃない。

「ちょっとまって。なんのためにそんなこと。」

「これから、モデル事務所《じむしょ》のオーディションがあるの。親にはないしょできてるのよ。成美ちゃんに、つきそいになってほしいの。」

茜さんは化粧《けしょう》ポーチをとりだし、なかからたくさんのキラキラした化粧道具をだして、台の上にずらっとならべた。

「目をとじて。大人《おとな》っぽくしあげるから。」

茜さんの手が、わたしの顔の上をいそがしく行《い》ったり来《き》たりする。

「……茜さんは、剣道《けんどう》ひとすじなのかと思ってました。」

「剣道《けんどう》、ね。」

茜《あかね》さんは鼻をならした。

「親にやらされてるだけよ。」

「あんなに強いのに？」

「小さいころからあれだけやらされれば、いやでも強くなるよ。ねえ、成美《なるみ》ちゃん、ディズニーランドって行ったことある？」

「うん、三回ぐらい。」

「いいなあ。わたし、行ったことないの。休みの日はずっと稽古《けいこ》、試合《しあい》、錬成《れんせい》でしょ。むかし、お父さんが千葉《ちば》で試合《しあい》があるから、おわったらディズニーランドにつれていってやるっていったのよ。すごくうれしかった。夜のパレードだけでも、見られたらいいなって……。」

わたしのまゆ毛をかく茜さんの手に、力がこもった。

「でも、お父さんの試合が夜おそくまでかかってね。結局《けっきょく》、外から花火を見ただけでおわったわ。信《しん》じられないでしょ？」

茜《あかね》さんは乱暴《らんぼう》にわたしの髪《かみ》をとかしはじめた。

「塾《じゅく》に行きたいっていったら、『剣道《けんどう》をすれば頭がよくなる』って。カゼをひいたっていえば、『剣道をすればなおる』って。朝《あさ》から晩《ばん》まで剣道、剣道、剣道。おかしいよね？」

「やめたいって、いったことないんですか？」

「うちのお父さんとお母さん、剣道がきっかけで知りあったのよ。だから、わたしも剣道をやって当然《とうぜん》だと思ってるの。剣道をやめたら、おこづかいももらえないし、洋服も買ってもらえない。そんなことになったら死《し》んじゃう。」

きょうはひとつ、発見をした。

茜さんは決《けっ》して無口《むくち》じゃない。むしろ、おしゃべりだ。

稽古場《けいこば》であんなに無口なのは、たぶん、お父さんがそばにいるからなんだろうな。

「ほら、見て。」

茜さんがわたしをくるっと鏡《かがみ》のほうにむかせた。

だれこれ？

どんなテクニックだかわからないけれど、目がいつもの倍《ばい》くらいの大きさになっている。ブラウン系《けい》のおちついた化粧《けしょう》で、ほんとうに高校生、いや、それを通りこしてＯＬに見える。

デパートをでて、道をズンズン歩きながら、茜《あかね》さんはしゃべりつづけた。

「成美《なるみ》ちゃん、さっさと剣道《けんどう》やめて正解《せいかい》。つづけてたって、いいことなんてなんにもないもん。オリンピックにでられるわけじゃないし。」

「まあ、オリンピック種目《しゅもく》じゃないですもんね。」

「プロになれるわけでもないし。」

「じゃあ、剣道をつづけている人はなにになるんですか？」

「警察官《けいさつかん》か警備員《けいびいん》ね。わたしはイヤよ。大人《おとな》になっても、むさくるしいオッサンたちのあいだで、汗《あせ》くさい防具《ぼうぐ》をつけてすごすなんて。」

なるほど。それでモデルのオーディションですか。

「こっちよ。」

茜《あかね》さんは、駅の近くのコミュニティービルに入っていった。

三階の会議室《かいぎしつ》に入ると、なかは、茜《あかね》さんみたいにキラキラした女の子たちと、着かざったママたちであふれていた。

番号《ばんごう》と名前がつぎつぎによばれていく。よばれた人は立ちあがって、となりの部屋に入っていく。

「三十五番、北島茜《きたじまあかね》さん。」

しばらくまっていると、茜さんの名前がよばれた。

「はい。」

茜さんは、威勢《いせい》よくとなりの部屋に入っていく。

「付《つ》きそいの方《かた》もどうぞ。」

わたしも、おそるおそるついていった。

長机《ながづくえ》の後ろに、三人の大人《おとな》がすわっている。

気むずかしそうな顔をした、白髪《しらが》まじりのおじさん。

元《もと》モデルだったんだろうと思われる、カーディガンを肩《かた》にかけたボブカットのおばさん。

いちばん若《わか》そうに見える、長髪《ちょうはつ》のお兄さんがいった。

「お名前と年齢《ねんれい》をどうぞ。」

「北島茜《きたじまあかね》、十二歳《さい》です。」

「すわってください。」

「はい。」

茜さんは背筋《せすじ》をピンとのばしたまま、いすに腰《こし》かけた。

「どうしてこのオーディションに応募《おうぼ》しようと思ったの？」

「あそこにいる、いとこの成美《なるみ》ちゃんが。」

あかねさんは、わたしのほうをチラッと見た。

「わたしにないしょで応募したんです。書類審査《しょるいしんさ》に合格《ごうかく》した、と教えてくれたときにはびっくりしました。成美ちゃんが、茜ちゃんならきっとできるからやってみようよ、ってはげましてくれたんです。」

なんですと？

ポカンとひらきそうになった口を、わたしはあわてて引きしめた。

茜《あかね》さん、モデルよりも女優《じょゆう》のほうがむいているんじゃないですか？

「ずいぶん声がよくとおるね。なにかやっているの？」

茜さんの顔がすこしくもった。

「剣道《けんどう》をやっています。」

「なるほどね。あれは、おなかから声をだすっていうものね。」

おばさんがわけしり顔でうなずいた。

「そこから窓《まど》のほうにむかって歩いてくれる？」

お兄さんがいった。

「はい。」

茜さんはスッと立ちあがり、いつものように歩きだした。

「こんどは、ドアのほうにむかって。」

茜さんが歩きおわると、それまでだまっていた白髪《しらが》まじりのおじさんがするどい声でいった。

「すごく体幹《たいかん》がしっかりしているね。なにかレッスンを受《う》けているの？」

茜《あかね》さんの顔が、さらにくもった。

「ウォーキングのレッスンでしたら、受《う》けていません。」

「剣道《けんどう》のおかげかしらね。」

おばさんが、あごに人さし指をあてて首をかたむけた。

「では、反対側《はんたいがわ》のドアからでて、そちらの部屋でまっていてください。」

若《わか》いお兄さんがそういうと、三人はいっせいに手もとの紙に鉛筆《えんぴつ》でなにかを書きつけはじめた。

となりの部屋では、面接《めんせつ》をおえた子たちが神妙《しんみょう》な顔をしてすわっている。

茜さんはむすっとした顔で、パイプいすに腰《こし》をおろした。

「茜さん……。」

なんて話しかけたらいいんだろう。

さっきの歩き方、よかったよ。声もすごく張《は》りがあって、よくとおって……。

でも、それは茜さんには気に入らないんだろうな。

かける言葉をみつけられないでいるうちに、面接は終了《しゅうりょう》したらしく、さっきの部屋に

いた大人《おとな》たちが入ってきた。

「きょうはおつかれさまでした。合格者《ごうかくしゃ》を発表します。番号《ばんごう》をよばれた方《かた》は、部屋にのこってください。よばれなかった方は、どうぞお帰りください。それでは。」

長髪《ちょうはつ》のお兄さんはかるくせきばらいして、ひと呼吸《こきゅう》おいてから番号を読みあげはじめた。

「二番。十三番。二十七番。」

うわ。番号にすごくあいだがあいてる。

「四十四番。以上《いじょう》。」

たった四人だけ？

茜《あかね》さん、よばれなかった……。

よばれなかった人たちが、ぞろぞろと廊下《ろうか》にでていく。

人の波《なみ》にのって、わたしたちも廊下にでた。そのとたん、茜さんが流《なが》れに逆行《ぎゃっこう》して走りだした。

「茜さん……。」

あわてて追いかけると、茜《あかね》さんはさっきの白髪《しらが》まじりのおじさんをつかまえたところだった。

「教えてください。」

茜さんはキッとした目でおじさんを見あげた。

「わたしのこと、ほめていたじゃないですか。どうしてダメだったんですか？」

おじさんはちらっとわたしのほうを見た。

「付《つ》きそいのあの子、高校生なんかじゃないだろ？　いくらメイクしてもわかるよ。わるいけど、保護者《ほごしゃ》の方に電話させてもらった。」

茜さんの顔色《かおいろ》がさっと変《か》わった。

「まさか……、お父さんに？」

「中学を卒業《そつぎょう》するまでは、剣道《けんどう》以外《いがい》のことをやらせるつもりはないそうだ。こういう仕事は、保護者《ほごしゃ》の理解《りかい》が欠《か》かせない。お父さんがそういうのなら、それにしたがうしかない。」

おじさんは、茜さんを見おろしてニッコリした。

「中学《ちゅうがく》を卒業《そつぎょう》したら、またおいで。それまでは、剣道《けんどう》をつづけたほうがいいと思う。」

茜《あかね》さんはくちびるをかんだ。

くるりとおじさんに背《せ》をむけて歩きだす。

後を追おうとしたとき、おじさんに肩《かた》をたたかれた。

「ねえ、きみ。」

「はい？」

「きみはどうなの？　モデルやる気はないの？」

はあ？

「めっそうもございません。」

「背《せ》が高いし、手足も長いし、おもしろいと思うんだけどな。体の芯《しん》もしっかりしてる。

さっきの子ほどじゃないけどね。」

しっかりしてるなんて、またごじょうだんを。

「すみません、失礼《しつれい》します。」

わたしは茜《あかね》さんを追って走りだした。

九

洋平兄《ようへいにい》ちゃん

夕方の駅前《えきまえ》は、人でごったがえしていた。

茜《あかね》さんの背中《せなか》が、人波《ひとなみ》のむこうに消えていきそうになる。

「まって。茜さん、まって。」

反対《はんたい》からきた人にドン、とぶつかってしまった。

「す、すみません。」

あやまって顔をあげると、茜さんはもう、頭しか見えない。

「茜さん……。」

声をあげて走ろうとしたとき、

「ティッシュ、いかがですか。」

目の前にさしだされたティッシュ。

「あ、すみません。」

反射的《はんしゃてき》に頭をさげてもらってしまった。

顔をあげたときには、もう完全《かんぜん》に茜《あかね》さんを見うしなっていた。

どっちに行ったらいいんだろう。

キョロキョロとあたりを見まわしていたら、茶色《ちゃいろ》い髪《かみ》の男の人に話しかけられた。

「ねえきみ、高校生?」

「いえ、ちがいます。」

「じゃ、大学生? それとも、働《はたら》いてるの?」

「いえ、あの……。」

「遊びにいかない? カラオケでもどう?」

ひいいい。これまさか、ナンパっていうやつ?

ああ、そうだ。わたし、大人《おとな》っぽい服を着てメイクまでしてるんだった。小学生に見えないのかな。

「ムリ、ムリです、わたし、そ、その……。」

緊張《きんちょう》しすぎて舌《した》がうまくまわらない。

「いいじゃん、ちょっとだけさ……。」

その人は、わたしのほうに手をのばしてきた。

ひいいい。つかまえられちゃう。

思わず肩《かた》をすくめる。すると、その人は急にパッと手をひっこめた。

ふりむくと、茜《あかね》さんが茶髪《ちゃぱつ》のお兄さんをにらみつけて立っていた。

「行くよ。」

茜さんの手が、わたしの手をつかんで引っぱっていく。

不思議《ふしぎ》だ。

茜さんはただまっすぐ歩いているだけなのに、人波《ひとなみ》が自然《しぜん》とわたしたちをよけて割《わ》れていく。茜さんの発《はっ》するまっすぐな気合《きあ》いが、まっすぐな道をつくっているみたいに。

「茜さん、ねえ、茜さん。」

わたしはななめ前の背中《せなか》によびかける。

「わたしは、茜《あかね》さんの歩き方、ほんとうにかっこいいと思う。立ち方も、すわり方も。茜さんの蹲踞《そんきょ》をまねしたくて、わたし、ずっと鏡《かがみ》の前で練習したんだよ。ほんとうだよ。だから、大きくなったらきっとモデルになれると思うから、だから……。」

「ごめんね。」

茜さんは大きく息をはいて、ふりかえった。

「成美《なるみ》ちゃんはなにもわるくないのに、イヤな態度《たいど》とってごめん。ちょっと、うちにこない？」

「お……おじゃましても、いいの？」

「うん。もうちょっとおしゃべりしようよ。わたしのグチもきいてほしいしさ。」

茜さんの家は、駅から十五分ほど歩いたところにある、しずかな住宅街《じゅうたくがい》にあった。

こぢんまりしているけれど、玄関《げんかん》に松《まつ》の木が植《う》えられ、石だたみがしいてある和風《わふう》の家だ。

茜さんはカギをとりだした。

「お母さんは？」

「仕事でいないの。うちのお母さんね、医者《いしゃ》だから、家にいたりいなかったりなの。よびだしもあるから、遠くに行けないしね。そうじゃなきゃ、お母さんにディズニーランドにつれていってもらってるわよ。」

格子《こうし》の引《ひ》き戸《ど》をあけて入ろうとすると、

「茜《あかね》！　また、そんなかっこうしてる！」

どこかからどなり声がとんできた。

生《い》け垣《がき》のむこうに、浩次郎《こうじろう》くんが竹刀《しない》をもって立っている。素振《すぶ》りでもしていたのか、おでこには汗《あせ》の玉《たま》がうかんでいる。

茜さんはぷいと横をむいた。

「わたしの勝手《かって》でしょ。」

「勝手じゃねえよ。時間あるなら、稽古《けいこ》の相手《あいて》しろっていったじゃないか。」

「時間ないもん。」

「しかも。」

浩次郎くんは、ちらっとわたしのほうを見た。

「根性《こんじょう》なしのバカをつれて。」

茜《あかね》さんはきつい口調《くちょう》でいいかえした。

「成美《なるみ》ちゃんにひどいことをいったら、ゆるさないからね。」

浩次郎《こうじろう》くんは生《い》け垣《がき》のむこうから、わたしにまっすぐに竹刀《しない》をむけた。

「根性なしじゃないなら、おれの相手《あいて》をしろ。」

「わ、わたしなんかで相手になるかどうか……。」

「両手をあげて立ってりゃいいよ。打《う》ちこみ台《だい》よりましだ。」

「ほんとうに失礼《しつれい》ね。成美ちゃん、あんな人はほっといて、行こ。」

茜さんはわたしを家のなかにおしこんで、ぴしゃりと戸《と》をしめた。

「浩次郎くん、おとなりさんなの？」

「うん。幼《おさな》なじみなんだよね。」

茜さんは、銀色《ぎんいろ》のサンダルをぬぎすてた。

「ほら、成美ちゃんもあがって。」

つやつやした木の廊下《ろうか》をすすんで、階段《かいだん》をのぼった。

「ここがわたしの部屋よ。」

なんとなく予想《よそう》はしていたけれど、茜《あかね》さんの部屋はとってもファンシーだった。もとはたたみをしいた和室《わしつ》だったんだろうと思う。そこに水色のカーペットがしいてある。

ベッドの上には、ふわふわしたクッション。机《つくえ》の上には、お化粧品《けしょうひん》がずらり。おしいれのふすまはとりはらわれて、淡《あわ》いピンクのカーテンがかけられていた。

「ここね、ウォークインクローゼットになってるの。見る？」

茜さんがカーテンをあけると、おしいれの上の段《だん》には太いパイプが通っていて、ハンガーにずらっと洋服《ようふく》がかけられていた。

「すわって、すわって。さっきは浩次郎《こうじろう》がごめんね。わるぎはないんだけど、剣道《けんどう》のことになると必死《ひっし》だから。」

茜さんはベッドの上にあがり、すんなりした足であぐらを組んだ。

わたしはなんとなく、カーペットの上に正座《せいざ》した。はじめての家は緊張《きんちょう》する。まだ正座の習慣《しゅうかん》がぬけていない自分《じぶん》に気がつく。

「浩次郎《こうじろう》くんは剣道《けんどう》、大好《だいす》きなんですね。」

「うーん、大好きっていうか。」

茜《あかね》さんはいいよどんだ。

「浩次郎にはお兄さんがいたんだよね。洋平兄《ようへいにい》ちゃんっていって、すっごくかっこよくて、すっごく剣道が強かった。」

「茜さんよりも？」

「わたしなんか、ぜんぜん。」

茜さんはわらって首をふった。

「前はよく三人で稽古《けいこ》してたんだけれどね。わたし、一回も勝てたことなかった。生きていれば、いまごろ中学の剣道部《けんどうぶ》で大活躍《だいかつやく》してたと思うよ。」

「生きて……いれば？」

「ある朝、起きてこなかったの。寝《ね》ているあいだに、心臓《しんぞう》が止まってしまったんだって。後からわかったんだけど、もともと心臓にわるいところがあったらしいんだ。」

茜さんは、両手でそっと自分《じぶん》の胸《むね》のあたりをおさえた。

「それからだよ、浩次郎《こうじろう》が変《か》わっちゃったの。前は稽古中《けいこちゅう》もふざけてばっかりで、よくうちのお父さんに怒《おこ》られてたんだよ。でも、ぜったいにふざけたりサボったりしなくなった。毎日、ひまがあれば外で素振《すぶ》りしてる。目をこーんなにつりあげて……。」

茜《あかね》さんは、両手でキツネのように目をひっぱってみせた。

ああ、そうだったんだ。

わたしは、「おまえ、オレのことバカにしてんのか！」とわたしをにらみつけた、浩次郎くんの三角《さんかく》の目を思いだした。

「だから浩次郎くんは、あんなに必死《ひっし》なんだ。」

「うん。洋平兄《ようへいにい》ちゃんみたいになろうとしているのか、洋平兄ちゃんの分も生きようとしているのかわからないけど、兄ちゃんが死んでからずっとあんな感じなんだ。」

茜さんはかみしめるようにいって、うつむいた。スッと筆《ふで》でかいたようなまゆ毛が、濃《こ》い影《かげ》になった。

「なんかね、見てるの、ちょっとつらいんだ。わたしは、そこまでできないし……。」

「そんな事情《じじょう》があるんなら、わたしなんかを見てたら腹《はら》がたちますよね。」

わたしは深《ふか》くため息《いき》をついた。

「剣道《けんどう》をはじめた理由《りゆう》だって、バカみたいだし。」

茜《あかね》さんはパッと顔をあげた。

「バカみたいって、なに？　教えて。」

そこでわたしは、メキシコにいるパパと、サムライガールの話をした。茜さんの写真がメキシコ人に大《おお》うけだったことも。

茜さんは大爆笑《だいばくしょう》だった。

「わたし、メキシコで有名《ゆうめい》になってるの？　アントニオ？　いやー、会ってみたいわ。」

茜さんはなみだをふきふきいった。

「成美《なるみ》ちゃんのママも、すごく剣道やらせたがっているよね？　うちのお父さんの無茶《むちゃ》ぶりにノリノリでこたえたりして。ママも剣道好《す》きなの？」

「ママは……たぶん。」

わたしは言葉をえらんだ。

「わたしに、強くなってほしいと思ってるんじゃないかな。五年生のときに……ちょっと……友だちとトラブルがあったもんで。」

「トラブルって？」

「レオナちゃんっていう子と。」

「レオナちゃん？」

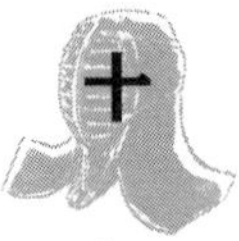

十 レオナちゃん

わたしたちの学校では、五年生になるときに、クラスがえがある。

新しく五年三組になった最初《さいしょ》の日、わたしはどこにいていいのかわからずに、クラスのなかをウロウロしていた。

四年生のときに仲《なか》のよかった子たちは、みんなべつべつのクラスになってしまった。新しいクラスでは、みんなが新しい友だちをつくろうとはりきっていて、その雰囲気《ふんいき》だけで体がガチガチになりそうだった。自分《じぶん》は背《せ》が高すぎて、手も足も長すぎるような気がしていた。

とりあえず、今日中《きょうじゅう》に委員会《いいんかい》を決めなければいけないみたいだった。五年生になったら、全員《ぜんいん》がなにかの委員会に入るらしい。

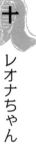

なにがいいんだろう。

わたしは、かべにはられた委員会《いいんかい》の一覧表《いちらんひょう》の前に立って、じっと考えこんでいた。

「やっぱり、飼育《しいく》委員がいいかな。うさぎ、かわいいし。」

ぼそっとつぶやいたら、

「飼育委員はやめたほうがいいよ。」

コロコロした声がした。

「飼育委員はね、夏休みも当番《とうばん》があって学校にこなくちゃいけないの。園芸《えんげい》委員もやめたほうがいいよ。水やり当番があるから。」

となりで、うさぎみたいに目のくるりとした子が、わたしを見あげている。

わあ、かわいい。

「ベルマーク委員とか楽《らく》よ。どう？　いっしょにやらない？」

その子は、あたりまえのようにわたしにむかってわらった。その笑顔《えがお》を見たとき、わたしは新しいクラスになってはじめて、自分《じぶん》はここにいていいんだ、と思えた。

それが、レオナちゃんだった。

六年生にお姉ちゃんがいるというレオナちゃんは、学校のことをなんでも知っていた。

「クラブはね、料理《りょうり》クラブがいちばん人気《にんき》なんだよ。第一希望《だいいちきぼう》は料理クラブでだしてみようよ。それで、第二希望は手芸《しゅげい》。それなら、まちがいないって。」

「五年生はね、秋《あき》に県庁《けんちょう》に行くんだよ。職員《しょくいん》の人にたのむと、シールもらえるんだって。いっしょにたのみにいこうね。」

「休み時間は教室にいようよ。校庭《こうてい》はね、こわい六年生がブランコもすべり台《だい》も占領《せんりょう》して貸《か》してくれないらしいよ。」

新しいクラスは不安《ふあん》だったけれど、レオナちゃんといれば、こわいものはないような気がした。気がつけば、わたしはいつも、レオナちゃんといっしょにいるようになっていた。

うす茶色《ちゃいろ》の目をしたレオナちゃん。女の子らしくて、かわいいものが大好《だいす》きだったレオナちゃん。

わたしのパパは、すてきな洋服屋《ようふくや》さんのオーナーなの。レオナちゃんはよく、パパのことを自慢《じまん》していた。オシャレで、かっこよくて、わたしのことをレディみたいにあつかってくれるんだ。

そんなすてきなパパがいるせいだと思う。レオナちゃんが着る服も、もっている小物《こもの》も、どれもとてもセンスがよかった。子どもっぽいキャラクターものしかもっていなかったわたしにとって、レオナちゃんの持ち物はあこがれの的《まと》だった。

二学期になって、しばらくしたころのことだった。うちに遊びにきていたレオナちゃんは、かわいいシュシュを頭につけていた。

白い花のレースでできたシュシュ。紺色《こんいろ》のワンピースを着て、頭の横でふんわりと髪《かみ》を結《むす》んだレオナちゃんは、お嬢《じょう》さまみたいだった。

ほれぼれと見とれていたわたしにむかって、レオナちゃんはニコッとわらった。

「このシュシュ、かわいいと思わない？」

レオナちゃんは頭をかたむけて、シュシュがよく見えるようにした。

「うん、とっても。」

わたしはほんとうにそう思っていたので、すなおにそういった。

「ねえ、ナル。同じのがもうひとつうちにあるんだけど、おそろいでもたない？」

「うん、うん。」

いきおいよくうなずいた。レオナちゃんと同じものをもてることは、当時《とうじ》のわたしにとって、最高《さいこう》にうれしいことだった。

「五百円なんだけど……。」

「あ、はらうよ。」

わたしは引き出しからお財布《さいふ》をとりだして、おこづかいのなかから五百円をレオナちゃんにわたした。

「じゃ、こんどもってくるね。」

レオナちゃんは五百円玉をにぎりしめてわらった。

つぎにうちにきたとき、レオナちゃんは紙袋《かみぶくろ》に入ったシュシュをわたしてくれた。

「こんど、おそろいで学校につけていこうね。」

レオナちゃんはそういったけれど、レオナちゃんが白いシュシュをつけてくることはもうなかった。わたしが「いつ学校につけてくる?」とたずねると、レオナちゃんはこういった。

「ああ、あのシュシュね。ごめん、なくしちゃった。」

カチューシャ。ヘアゴム。つめをみがくとピカピカになる紙。クリスタルビーズのストラップ。

わたしはそんなものを、レオナちゃんから買った。レオナちゃんは「ナルとわたし、おそろいだよ、ね？」といっていたけれど、たいていの場合はなくしたり、だれかにあげたりしてしまっていた。

心の底《そこ》のほうでは、なにかおかしい、と気がついていたのだ。おそろい、と口ではいいながら、一度もおそろいでつけてきたことのないレオナちゃん。でも、レオナちゃんをうしなうことがこわくて、深《ふか》く考えないようにしていた。おこづかいをもらってもすぐに中身《なかみ》が少なくなるお財布《さいふ》をのぞきこんで、ため息《いき》をつくばかりだった。

三学期に入ってしばらくしたころ、新しく同じ班《はん》になった女の子が、わたしの白いシュシュに目をとめていった。

「あ、そのシュシュ、かわいいよね〜。わたしもお年玉《としだま》で買おうかと思ってるんだ。」

「ほんと？　わたしはね、これ、レオナちゃんから五百円で買ったの。」

「え？」

その子は不思議《ふしぎ》そうな顔をした。

「通販《つうはん》で、三百円で売ってるよ。」

「え？」

こんどは、わたしが不思議そうな顔をする番だった。

「ほんとうだよ。あした、通販のカタログをもってきてあげる。」

その子は親切《しんせつ》そうに、そういってくれた。

きっと、レオナちゃんはほかのお店で買ったんだ。そこでは五百円で売っていたんだ。

そう、信《しん》じたかった。

通販のカタログを見たとき、血《ち》の気《け》がひいた。

レオナちゃんがわたしに売ったものが、ぜんぶのっている。

わたしが買ったのよりも安い値段《ねだん》で。

「成美《なるみ》ちゃん、どうしたの？」

カタログを見せてくれた子が、さけんでいる。

答えられない。

息ができない。

「え、ちょっと、だいじょうぶ？　先生、成美《なるみ》ちゃんが……。」

わたしは先生にかかえられるようにして、保健室《ほけんしつ》にはこばれた。


話し合いがひらかれたのは、それから数日後の、ちらちらと雪のふる午後だった。

ママの背中《せなか》にかくれるようにして、わたしは教室に入った。レオナちゃんとレオナちゃんのママは、もう席《せき》にすわってまっている。

レオナちゃんのママは、わたしのママよりずっと若《わか》く見えた。ほっそりした手でレースのハンカチをにぎりしめ、目のあたりにあてている。

レオナちゃんは、窓《まど》の外にふる雪をずっとながめている。

「……レオナさんは、通販《つうはん》で買った品物《しなもの》を、成美《なるみ》さんにそれより高い値段《ねだん》で売っていた。まちがいありませんね。」

先生が問《と》いかけた。

レオナちゃんはなにもいわない。

レオナちゃんのママが、すすり泣《な》きながらいった。

「どうしてこんなことをしてしまったのか……。あの、成美《なるみ》さんからいただいたお金は、全額《ぜんがく》おかえしします。ほんとうに申《もう》し訳《わけ》ありませんでした。」

レオナちゃんのママは、茶色《ちゃいろ》い封筒《ふうとう》をそっと机《つくえ》の上にさしだした。

わたしは、もってきた紙袋《かみぶくろ》をかわりに机の上においた。

「これ、レオナちゃんから買ったものです。かえします。つめみがきの紙とかは、もうだいぶつかっちゃったけど……。」

「いいのよ、それは成美ちゃんがもってて……。」

「いらないんです。」

わたしは短くいった。

レオナちゃんとおそろいだから、ほしかった。でも、レオナちゃんは自分《じぶん》が買ったものをそのままわたしに売っていただけだ。もともと、品物《しなもの》はひとつしかない。

それなら、いらない。

「レオナ、なんとかいったらどうなの！　ほら、ちゃんとあやまりなさい！」

急にレオナちゃんのママがヒステリックにさけんだ。

レオナちゃんは、ただ、だまって雪をながめている。

「あやまりなさい！　ごめんなさいは！」

「あの、そんなにどなると、ね、いいたいこともいえなくなるかもしれませんし……。」

わたしのママが、あわあわと止めに入る。

雪が強くなってきた。

レオナちゃんの顔が、真《ま》っ白《しろ》に、窓《まど》ガラスにうつっていた。


それから、レオナちゃんは学校にこなくなった。

五年生のおわりの日に、先生がいった。

柏木《かしわぎ》レオナさんは、転校《てんこう》しました。おわかれをいえなくて残念《ざんねん》でしたが、新しい学校でもきっと元気でがんばっていることでしょう——。

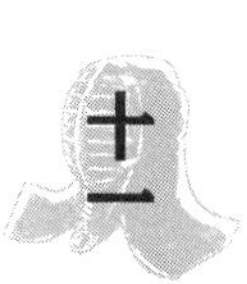

十一　必死《ひっし》さとはちがう強さ

「で？」

茜《あかね》さんはいった。

「それで、おわり。」

「その後、一回も会ってないの？」

「会ってないの。」

「ごめんなさいも、なし？」

「なし。」

「なにそれ。」

茜さんは、興奮《こうふん》してぐるぐる部屋のなかを歩きまわった。

「信《しん》じらんない。わたしだったら、泣《な》いてあやまるまで、ぜったいにゆるさない。」

茜《あかね》さんなら、きっとそうするだろうな。

わたしには、それができなかった。あの、真《ま》っ白《しろ》な顔のレオナちゃんを前にしたとき、なにを話していいかさえわからなかった。

「わたしも、そんなふうにできるかな。」

「やるのよ。こんどもし、そのレオナとかいう子に会ったら、泣いてあやまらせるのよ。もし、むこうがまだなまいきな態度《たいど》をとるようだったら、わたしをよんで。」

茜さんの黒い目が、らんらんとかがやいている。

茜さんのようになりたくて、わたしはたった三か月だけれども、剣道《けんどう》をやっていたのかもしれない。


つぎの日の夕方、わたしはまた駅の前に立った。

歩いてみよう。きのうの、茜さんみたいに。

きっと、気迫《きはく》が足《た》りないんだ。だから、ティッシュ配《くば》りの人とかナンパの人に、声をかけやすいと思われちゃうんだ。

よし、だれにも声をかけられないように、まっすぐ、すすむぞ！

歩きはじめたら、すぐにドン、と正面《しょうめん》からきた人にぶつかってしまった。

相手《あいて》は顔をしかめ、チッと舌《した》うちをする。

「あ、ごめんな……。」

さい、といいかけて、あわてて口をつぐんだ。

だめだめ、ここであやまるから、あまく見られるんだ。

顔をひきしめて、歩きはじめる。

「あの～。」

おばあさんが話しかけてきた。

ふりむいちゃ、だめ。まっすぐ歩くんだ。

「病院《びょういん》には、どう行けばいいのかしら？」

あ、いまのはふりむいたほうがよかったんじゃない？

あわてて後ろをむくと、おばあさんはほかの人に道をきいていた。

ひどい子だと思われただろうな。

しょうがない。もう一度、こっちから反対《はんたい》のほうに歩いてみよう。

「おい。」

よばれても、ふりむきませんよ。どうせもう、ひどい子と思われているんだから。

「おい、成美《なるみ》。」

目の前にだれかが立ちはだかった。ぶつかりそうになって、顔をあげると……。

「げっ。監督《かんとく》。」

監督が、わたしを見おろしていた。

監督は胴着《どうぎ》・袴《はかま》の姿《すがた》ではなく、スーツを着ていた。ああ、そうか、剣道《けんどう》ばかりやっているわけじゃなくて、昼間は働《はたら》いているんだ、と思いあたった。

会社帰りなんだろうな。はじめて会ったときに思ったように、スーツがよく似合《にあ》う。

「さっきから、なにやってるんだ、おまえは？　こわい顔をしてズンズン歩いて、あっちに行ったかと思うと、またこっちに歩いてきて。」

「み……見ていたんですか。」

「知らぬふりをしようかとも思ったが、あまりに挙動不審《きょどうふしん》すぎてな。」

「そ、それはですね、えーっと、きのう茜《あかね》さんのオーディションにつきあって……。」

監督《かんとく》は、かるく顔をしかめた。

「そうか、きみがいっしょに行ってくれたのか。めいわくをかけたね。」

わたしは、その帰りに茜さんが見せた歩きに感銘《かんめい》をうけて、まねしてみたいと思ったことを手短《てみじか》に話した。

「なるほど。それで……さっきの。」

監督は、口もとを手でかくして後ろをむいた。肩《かた》が小《こ》きざみにふるえている。

「いいですよ、わらったって。でも、こっちは真剣《しんけん》なんですから。」

わたしはぷいと横をむいた。

「わるいわるい。ちょっと、そこで話さないか。ジュースでもおごるぞ。」

監督は自動販売機《じどうはんばいき》のほうに歩きだした。

「あ、いいです、そんな……。」

止めようとしたわたしの手が、監督のうでとぶつかった。監督の手から百円玉が落《お》ちて、石だたみの上をころがった。

「あ……。」

あわてて百円玉の後を追った。二、三メートル先でさっとひろいあげてふりむくと、監督《かんとく》がじっとわたしを見ていた。

「なにか？」

監督の手のひらに百円玉をおくと、監督はふっとわらった。

「変《か》わったな、成美《なるみ》。」

「そう……ですか？」

「ああ。最初《さいしょ》に道場《どうじょう》にきたとき、ボールペンをひろおうとしたのをおぼえているか？あのときのおまえは、こんな感じだった。」

監督は前かがみになって、不格好《ぶかっこう》に手足をふりまわしながらよたよたとすすんだ。

「えー、ひどい。わたし、そんな虫みたいなうごきはしていなかったですよ。」

「いや、あんな感じだった。」

監督は自動販売機《じどうはんばいき》に小銭《こぜに》を入れ、スポーツドリンクを二本買った。

「すわろうか。」

デパートの裏《うら》にある、公園《こうえん》とよぶほどでもない、ベンチとプランターの花がこぢんまりとおいてあるスペース。わたしたちはそこに行き、ベンチに腰《こし》をおろした。

「きみは、変《か》わりたいと思っていなかったかもしれない。でも、きみの体は変わる可能《かのう》性《せい》があると思った。だから、剣道《けんどう》をすすめてみたんだが。」

監督《かんとく》は、スポーツドリンクをひと口《くち》飲んだ。

「よけいなお世話《せわ》だったかな。」

「あのですね、監督。」

わたしは考えながらいった。

「昨日《きのう》、茜《あかね》さんが浩次郎《こうじろう》くんのお兄さんの話をしてくれました。浩次郎くんは、なんていうか、すごく必死《ひっし》な感じがします。でも、わたしは剣道をはじめたのもなりゆきだったし、自分《じぶん》でもなんで剣道やっているのかよくわからないし、そもそも、わたしみたいな子が茜さんや浩次郎くんといっしょにやっていていいのか、って……。」

「浩次郎はたしかに必死だな。それはひとつの強さだ。でも、強さは必死さだけじゃない。」

監督《かんとく》は、なぞなぞのようなことをいった。

「どうだ、成美《なるみ》。二週間後に、錬成大会《れんせいたいかい》がある。いろいろなチームとあたれる、練習試《れんしゅうじ》合《あい》のようなものだ。そのときまで、剣道《けんどう》をつづけてみないか。必死《ひっし》さとはちがう強さを、成美に見せようと思う。それで納得《なっとく》できなかったらやめればいい。どうだ？」

わたしはすぐに返事《へんじ》ができず、手のひらで、ペットボトルをころがしていた。

「はじめて防具《ぼうぐ》をつけた日、太一《たいち》に思いっきり打《う》ってかかっていっただろう？　あれはちょっと、よかった。だいじょうぶ、きみはきっと、強くなる。」

わたしでも、強くなれる？

「茜《あかね》さんみたいに？」

「茜とはまたちがった強さで、だ。」

監督はビシリといった。

「だからもう、人ごみをこわい顔して歩きまわるのは、やめるんだな。あの顔は必死を通りこして、なんていうか、まあ……悲惨《ひさん》だったぞ。」

十二 パパの仕事はリストラ？

道場《どうじょう》の木のにおいを、わたしは深《ふか》くかいだ。

正座《せいざ》して、手ぬぐいを頭にキュッとまく。

「もどってくれてよかったよ、林《はやし》さん。」

となりで石田《いしだ》くんがささやいた。

「三人と四人じゃ、団体戦《だんたいせん》を戦《たたか》うたいへんさがぜんぜんちがうんだ。ぼくだって、最初《さいしょ》のころは負けてばっかりだったよ。だから、気にすることない。」

「いたって、なんの役《やく》にも立《た》たないじゃないか。」

反対《はんたい》どなりで、浩次郎《こうじろう》くんがささやく。

「ふらふらやったりやめたりされたら、こっちがめいわくなんだよ。やる気のない剣道《けんどう》するんだったら、さっさとやめちまえ。」

ふたりのいうことは、どちらももっともだ、と思う。

面《めん》をかぶり、面ひもをぎゅっとひいた。外の音が、くぐもってきこえる。水のなかにいるみたいに。

立ちあがった。

面金《めんがね》ごしに見える世界《せかい》。まっすぐ前しか見えない。

たったひとりで、ここに立っているような気がする。

「切《き》りかえし、はじめ！」

監督《かんとく》の声が飛《と》んだ。

茜《あかね》さんが、正面《しょうめん》にあらわれた。そのまま茜さんは、まっすぐにむかってくる。

目をつぶらずに。前をむいて。胸《むね》をはって。

わたしは、茜さんの竹刀《しない》を受《う》けとめつづけた。

「ほんとうによかったの？　剣道《けんどう》をつづけることにして。」

パソコンとにらみあっていたママは、大きくのびをしてふりかえった。

ママはときどき、会計《かいけい》ソフトに数字を入力《にゅうりょく》する仕事を請《う》けおってやっている。

わたしは正座《せいざ》をし、袴《はかま》のひだをきっちりそろえるようにしてたたみながら答えた。

「まあ、とりあえず二週間だし。その後のことは、また考える。」

「ならいいけど。」

ママはパソコンをシャットダウンし、つかれたようすで肩《かた》をぐるぐるまわした。

「なんか強引《ごういん》にはじめさせちゃったかな、って後悔《こうかい》してたの。ちょっとでも、パパがメキシコの人たちとなじむ手だすけになればいいと思っていたんだけど……。」

「そんなことしなくても、パパはひとりでになじんでたじゃない。」

「ひとりでになじめるわけないでしょ。ヒゲを生《は》やしたり、いっしょにごはんを食べたり、なれないお酒を飲んだり。パパなりに、むこうにとけこもうと努力《どりょく》してるのよ。」

「ぜんぶ、楽しんでるのかと思ってた。」

「まあね。成美《なるみ》の前ではいつも楽しそうにしてみせてるからね。」

そうだったんだ。

そういえば、ここ一週間ほど、パパの顔を見ていない。

「最近《さいきん》、パパ、ネット電話してこないね。」

「成美《なるみ》がいる時間にはね。」

「ってことは……、なにかあったの？」

「まあちょっと、まいってるのよね。だから成美とは話せないんだと思う。」

「なにがあったの？」

「うーん。」

ママは眼鏡《めがね》をはずし、両手を目のあたりにおしあててぐりぐりとこすった。

「パパが、むこうでなにをやっているか知ってる？」

「前に、カイゼンカイゼンってさわいでたけど。」

「そう。工場のラインを改善《かいぜん》して、なるべく早く、たくさんのものができるようにするの。パパはそのために、メキシコに行ったんだけど。」

ママは目から手をおろし、ちょっと遠くを見た。

「パパの仕事がうまくいくと、どうなると思う？」

「仕事が早くおわって、楽《らく》できる。」

「最初《さいしょ》のうちはね。でも、だんだん人があまるようになってくるでしょ。そうすると、どうなると思う?」

みんながよろこぶわけじゃないんだろうか。

人があまってきたら、つぎにくるのはなんだろう。

「あの……あれかな……おじさんが、会社に行っているふりして公園《こうえん》でブランコのってたりするやつ……動物みたいな名前の……。」

「リストラ。」

ママの言葉に、わたしはポン、と手を打《う》った。

「そう、それ。」

「パパだってね、ほんとうはね。」

ママは気持ちが高ぶってきたのか、うでをヒラヒラとふりまわしはじめた。

「現地《げんち》の人から仕事をとりあげるようなまねはしたくないのよ。でも、日本からはどんどん人をきれって命令《めいれい》がくる。パパは板《いた》ばさみよね。アントニオの親戚《しんせき》の女の子も、やめさせられそうなんだって。まだ十八歳《さい》なのに、一家《いっか》をせおっているのよ。やめさせられたら、弟や妹たちを食べさせていけなくなる。最初《さいしょ》は友好的《ゆうこうてき》だったメキシコの人たちも、いまはパパのことを死神《しにがみ》でも見るような目で見るって。」

ママはため息をついて、うでをおろした。

「……アントニオも、ね。」

思わずパソコンのほうを見た。

なにもうつっていない画面《がめん》は、暗《くら》くて、のっぺらぼうで、どこにもつながっていない感じがした。

「……また段《だん》ボール送ろうか、ママ。」

「そうね。パパの好《す》きなものをたくさんつめこんでね。買い物に行こうか。」

ママは立ちあがって、キッチンにお財布《さいふ》をとりにいった。

十三 わたしは捨《す》て大将《だいしょう》

錬成《れんせい》大会は、となりの市の体育館でおこなわれた。

仕事がたてこんでいてこられないママにかわって、監督《かんとく》がわたしと茜《あかね》さんをいっしょに車に乗せて、つれていってくれた。

となりの市の体育館は、わたしたちの市の総合《そうごう》体育館より大きい。しかも、二階までふきぬけの、ガラス張《ば》りのロビーまである。かなりりっぱだ。

どこをむいても、胴着《どうぎ》と袴姿《はかますがた》の子どもたちでいっぱい。

「練習試合《れんしゅうじあい》のようなものだって、きいていたんですけど……。」

びくびくしながらいうと、茜さんはこともなげにいった。

「そうよ、練習試合よ。そんなに観客《かんきゃく》もいないじゃない。」

防具《ぼうぐ》をつけた茜《あかね》さんは、いつものとおりの無表情《むひょうじょう》だ。

「この大会のおもしろいところは、オーダーを自由《じゆう》に組みかえていいっていうことだ。」

監督《かんとく》は手もとの対戦表《たいせんひょう》を見て、ニッとわらった。

「というわけで、成美《なるみ》。第一試合《だいいちしあい》はおまえが大将《たいしょう》だ。」

「はひ？」

へんな声がでてしまった。

「大将っていうと、いちばん最後《さいご》の？」

「そうだ。」

「いつも茜さんがやってる？」

「そうだ。」

「なんでこんなやつ！」

浩次郎《こうじろう》くんがいきりたった。

「おれにやらせてくれよ、最初の試合は剣心館《けんしんかん》とだろ。おれだって柳田《やなぎだ》と……。」

「浩次郎。」

監督《かんとく》はビシリといった。

「おまえにはおまえの試合《しあい》がある。きょう、第一試合は成美《なるみ》が大将《たいしょう》だ。」

浩次郎《こうじろう》くんの視線《しせん》が、いたいぐらいに背中《せなか》にささる。

おねがい、そんなににらまないで。やりたくて大将をするわけじゃないの。

第一試合開始《かいし》の時刻《じこく》になった。

全員《ぜんいん》でならんで、礼《れい》をした。

わたしの正面《しょうめん》にいるのは、「柳田《やなぎだ》」という名前の垂《た》れをつけた女の子。ほっそりしていて、色白《いろじろ》で、剣道《けんどう》というよりクラシックバレエのほうが似合《にあ》いそう。

あの人が、浩次郎くんが試合したがっている人……?

どんな人なんだろう。うう、緊張《きんちょう》する。

ほかの人の試合を見るのも身《み》が入らず、上《うわ》の空《そら》だった。もっとも、わたしの応援《おうえん》などなくても、三人ともちゃんと勝って、大将の試合の前にチームの勝ちは決まっていたけれども。

いよいよ、わたしの試合の番。蹲踞《そんきょ》をして、竹刀《しない》をあわせる。

柳田《やなぎだ》さん、きれいな蹲踞《そんきょ》だ。茜《あかね》さんよりフワッとして、かるい感じ。

「はじめ！」

このまえの人みたいに、いきなり打《う》ってくるかも。

わたしは、さっと身《み》がまえた。

でも、柳田《やなぎだ》さんはちっとも打ってこない。中段《ちゅうだん》にかまえ、しずかに立っているだけだ。

わたしもかまえたままようすを見た。浩次郎《こうじろう》くんのあのようすじゃ、強い人なんだろうと思ったんだけど。でも、気迫《きはく》もなにもちっとも感じられない。

そのまま、時間がどんどんすぎていく。

ええーっと、これじゃ、試合《しあい》がすすみませんよね？

面《めん》を打ってみようかな。

ジリッ、ジリッと足をうごかして、間合《まあ》いをつめる。相手《あいて》はまだうごかない。

よし、ここが正面《しょうめん》。ふみこむのに、絶好《ぜっこう》の場所。

「メー……。」

うでをふりあげようとした。そのとたん、

「コテーッ。」

手首をポン、とたたかれた。

「小手《こて》あり！」

赤い旗《はた》がサッとあがる。

え？

面《めん》を打《う》ちかけたまま、わたしは止まってしまった。

どうして？　さっきまでそこにいて、かまえていたじゃない。うごきだすようすも、なにもなかった。それなのに、まるでわたしがどうするかわかっていたみたいに……。

「白！　開始線《かいしせん》にもどって。」

「は、はい。」

わたしはあわてて中央《ちゅうおう》にもどって、柳田《やなぎだ》さんと竹刀《しない》をあわせた。

二本目がはじまった。柳田さんはまた、かまえたままうごかない。

気配《けはい》がまったくない。空気みたいだ。

柳田さんは、わたしが打ってくるのをまっているんだ。面を打とうとしてうでをあげるとき、小手《こて》が見える一瞬《いっしゅん》がある。柳田《やなぎだ》さんは、それをまっている。

どうしよう。へたにうごけない。

でも、わたしはもう一本とられてしまっている。柳田さんはこのままうごかなくても勝てるけれど、わたしはとりかえさなきゃいけないんだ。

わたしはジリジリとさがった。

なるべく後ろのほうから、小手《こて》がとどかない位置《いち》から打《う》ってみよう。わたしのほうが背《せ》が高いし、リーチが長い。

「メーン!」

思いっきり、はねるようにして打ってかかった。

あれ? 竹刀《しない》が、とどかない?

「メン!」

ビシッ!

打たれたのは、わたしのほうだった。

柳田さんは、わたしが打ってくるのもぜんぶ読んでいた。スッと一歩さがって、そこから足をけりだして、面《めん》を打《う》ちこんだんだ。

負けた。完敗《かんぱい》だ。

それなのに、監督《かんとく》はうれしそうだった。

「さて、第二試合《だいにしあい》。」

さっきの結果《けっか》は意《い》にかいしていないように、監督はいった。

「成美《なるみ》、もう一度大将《たいしょう》行け。」

「ええーっ。」

こんど、声をあげたのは石田《いしだ》くんだった。

「つぎの試合、大将はきっと猪俣《いのまた》くんでしょ？　ぼく、あたりたかったのに……。」

「まあ、次回《じかい》にゆずれ。今回《こんかい》は成美だ。」

猪俣くんを見た瞬間《しゅんかん》に、石田くんにゆずればよかった、と後悔《こうかい》した。

とにかく、大きい。たても、横も。熊《くま》みたい。

「ウオォ――。」

試合がはじまったとたんに、猪俣くんはおたけびをあげた。空気がビリビリふるえる。

こ、こわい……。

いや、びびっちゃだめだ。びびったら、頭をあげていられなくなる。かえっていたい思いをするって、なんども学習したじゃないか。

こっちも気合《きあ》いを入れよう。

「ヤーッ！」

バシッ。

竹刀《しない》と竹刀がぶつかりあい、つばぜり合いになったのだけれど……。

猪俣《いのまた》くんは、おしてもびくともしない。足が、床《ゆか》にボンドでくっついているみたい。

「フン！」

あっけなく、わたしははじき飛《と》ばされた。

「メン！」

飛ばされた瞬間《しゅんかん》に、かるーく、面《めん》を打《う》たれた。

ああ、一本とられてしまった。

二本目がはじまった。なんどかかっていっても、猪俣くんはびくともしない。なんだかわたし、大きな木のまわりをとびまわっている虫みたい。

それなら、さっき、柳田《やなぎだ》さんがわたしにやった技《わざ》をためしてみよう。むこうが面《めん》を打《う》ってきた瞬間《しゅんかん》に、一歩さがる。そして、面を打ちかえすんだ。

「ウオリャー！」

きた！

わたしは一歩さがって、竹刀《しない》をよけ……。

うわ、竹刀がのびてくる！

ビシリ！

「面あり！」

ええ、なんで？

あんなに手をのばしたら、体勢《たいせい》がくずれて一本にならないはずなのに。どうして猪俣《いのまた》くんはころばずに、ちゃんと残心《ざんしん》までとれるの？

つぎの試合《しあい》まで、一試合分《ひとしあいぶん》の休憩《きゅうけい》があった。

「むりですよ、力の差《さ》がありすぎですよ。こっちは初心者《しょしんしゃ》ですよ、ちょっとは気をつ

かってくれたっていいじゃないですか……。」

わたしはすっかりいじけてしまって、会場のすみで体育ずわりをして、ぶつぶつとひとりごとをいった。

「……で、瑞法寺《ずいほうじ》がさ……。」

そのとき、わたしたちのチームの話をしている声がきこえてきて、わたしは耳をそばだてた。

「えー、もうおわっちゃったの？　瑞法寺と剣心館《けんしんかん》。」

「うん。第一試合《だいいちしあい》だったよ。」

知らない男の子がふたり、わたしが瑞法寺の人間だと気がついていないらしく、すぐ近くで話をしている。

「どうだった？　柳田《やなぎだ》と北島茜《きたじまあかね》、どっちが勝った？」

「それがさぁ、瑞法寺の大将《たいしょう》、北島茜じゃなかったんだよ。」

「だれ？　強いの？」

「ぜんぜん。初心者《しょしんしゃ》だよ、あれ。いいようにやられてた。」

「捨《す》て大将《だいしょう》か。たかが錬成《れんせい》大会に、きたないマネするな〜。」

きたないマネ？　どういうことなんだろう？

立ちあがってあたりを見まわすと、ちょうど、となりの試合《しあい》を観戦《かんせん》している石田《いしだ》くんが目に入った。

「石田くん、石田くん。」

わたしは人をかきわけて前のほうに行き、石田くんのそでをひっぱった。

「ん？」

「ちょっと教えて。捨て大将、ってなに？」

「ああ、捨て大将ね。」

石田くんは目を試合からはなさず、上《うわ》の空《そら》で答えた。

「団体戦《だんたいせん》ってね、先鋒《せんぽう》にはいきおいのある選手をもってくることが多いんだ。最初《さいしょ》の試合に勝ってチームもいきおいをつけたいからね。中堅《ちゅうけん》は、安定感《あんていかん》があって負けない人。大将はチームでいちばん強い人。っていうのがふつうだけど、でもいろんな作戦《さくせん》があってね。前のほうに強い人をかためちゃって、そこで勝ちを決めちゃうようにして、大将にはわざと弱い人をもってくることもある。相手《あいて》の大将《たいしょう》がすっごく強くて、勝てないってわかってるときとかさ。そういうのを、捨《す》て大将《だいしょう》っていうんだ。」

そこで石田《いしだ》くんは、ふとなにかに気がついたようにわたしの顔を見た。

「……そんな言葉、どこできいたの？　だれかになにかいわれたの？」

「なんでもない。気にしないで。」

こわばった顔をかくすように、わたしは石田くんに背《せ》をむけた。

「ちょっとまって、ねえ、林《はやし》さん……。」

石田くんの声はきこえないふりをして、早足《はやあし》でズンズン歩く。

捨て大将。わたし、そのものじゃないか。

わたしが負けたのにチームが勝ったから、監督《かんとく》はあんなにうれしそうだったんだ。

剣道《けんどう》は勝ち負けを競《きそ》うものじゃないって、あんなに堂々《どうどう》といっていたのに。

結局《けっきょく》、勝つためなら、なんでもありじゃない。

うそつき。

監督の、うそつき。

十四

腰《こし》を入れて、真《ま》っ正面《しょうめん》から

それから二試合《しあい》をして、大会は一《いち》時《じ》休憩《きゅうけい》。昼休みになった。

「どういうつもりだ？」

お弁当《べんとう》もそこそこに、監督《かんとく》に中庭《なかにわ》によびだされた。

「最初《さいしょ》の二試合はよかった。自分《じぶん》なりに考えて、相手《あいて》にむかっているようすが見られた。問題《もんだい》は、その後の二試合だ。」

監督はうで組《ぐ》みをして、きびしい表情《ひょうじょう》でわたしを見おろしている。

「まったくやる気が見られない。あんなひどい試合をするくらいなら、やらないほうがマシだ。いったい、なにを考えていたんだ？」

「だって……だって……。」

わたしはうつむいたまま、口をとがらせた。

「顔をあげろ。そして、はっきりいえ。」

わたしは、キッと監督《かんとく》の顔を見あげた。

「じゃあ、答えてください。どうして、わたしのこと大将《たいしょう》にしたんですか。」

「どうして、って。」

監督は、あきれたような顔をした。

「前に、ふたりでなにを話したかわすれたのか？」

「話した？　監督とわたしが？」

「柳田《やなぎだ》とあたってみて、どう思った？」

「気配《けはい》がなくて、空気みたいで……、でもわたしのうごきをぜんぶ読んでいました。」

「必死《ひっし》だったか？」

あ。

そのとき、わたしは思いだした。駅前《えきまえ》のベンチで、監督がいっていたことを。

——必死さとはちがう強さを、成美《なるみ》に見せようと思う。それで納得《なっとく》できなければ、やめればいい。

どうしよう。いまのいままで、すっかりわすれていた。

気まずい……。

「おい、どうだった。柳田《やなぎだ》は、必死《ひっし》だったか？」

「いいえ……ぜんぜん……必死さとは遠いところにいるみたいでした。」

「猪俣《いのまた》は？」

「パワフルでしたけど……必死とは、なんかちがうかも……。」

「柳田は、力はないが人の呼吸《こきゅう》を読むのが抜群《ばつぐん》にうまい。猪俣の安定感《あんていかん》は、じつは、足腰《あしこし》の強さから生まれているんだ。」

監督《かんとく》はわたしのおでこを人さし指でちょん、とつついた。

「どうだ？　いろんな強さがあるだろう？」

ああ。そうか。

思いかえせば、監督は一度も、わたしたちに「勝て」といったことがない。

いうのはいつもこれだけだ。

正しいか、正しくないか。

美しいか、美しくないか。

まっすぐか、まっすぐじゃないか。

「ごめんなさい……わたし、なんか監督《かんとく》のこと、思いちがいをしていたみたいで……。」

「きくのは怖《こわ》い気がするが、いちおうきいておこう。わたしのことを、どんなふうに思っていたんだ？」

「勝つためには手段《しゅだん》をえらばない監督。」

「それはまた、失礼《しつれい》な話だな。」

「えーっと、その、失礼のついでに、もうひとつききたいんですけど……。」

わたしは、中庭《なかにわ》のむこうのガラスを見ながらきいた。

ガラスには、むかいあって立っているわたしたちと、その横の非常階段《ひじょうかいだん》がうつっている。

非常階段のところに、ちらり、と赤い影《かげ》が見えていた。

「どうして、茜《あかね》さんはモデルになっちゃいけないんですか？」

「モデルになっちゃいけないわけじゃない。いまは、剣道《けんどう》に専念《せんねん》しろ、といっているだけだ。」

「どうして？」

「どうして、って……。」

監督《かんとく》は、言葉につまった。うで組《ぐ》みをして、しばらく考えている。

「なあ、成美《なるみ》。モデルって、楽《らく》な仕事だと思うか？」

「モデル、ですか……。」

そんなふうに、考えたことなかった。だれもがあこがれる仕事ではあると思うけど。

「このあいだのオーディション、たくさんの人がきてたけど、合格《ごうかく》したのはほんの何人かだったんです。だから、すごくたいへんなんだな、とは思いましたけど。」

「そうだよな。わたしも、モデルの世界《せかい》にあまりくわしいわけじゃないが、成功《せいこう》するのはほんのひと握《にぎ》りの人間なんだろうな、というのは想像《そうぞう》がつく。なら、その世界に飛《と》びこむ前に、強い心と体を身《み》につけてほしい、と思うのはまちがっているだろうか。」

そんなに真剣《しんけん》な顔できかれても、こまる。監督でもわからないことを、わたしがわかるわけないのに。

「ほんとうは、モデルだろうがコックだろうが宇宙飛行士《うちゅうひこうし》だろうが、好《す》きな道をえらべばいいと思っているんだよ。ただな、どんな仕事をえらぼうと、この先の人生《じんせい》には、たいへんなことがたくさんある。そんなとき、ちゃんと腰《こし》を入れて真《ま》っ正面《しょうめん》からぶつかっていけるように、剣道《けんどう》をやっておいてほしい。それだけだ。おまえたちにも、そのつもりで剣道を教えている。」

人生には、たいへんなことがたくさんある……。

なぜかそのとき、わたしはパパのことを思った。

メキシコで、たったひとりで、パパは腰を入れて、正面をむいて立っていられているんだろうか。

「まあ、本音《ほんね》をいえば。」

監督《かんとく》は頭をかいた。

「なりは大きくなったけど、小学生だろ？　まだ、子どもにしか見えないんだよ。まだまだ、手もとにおいて守ってやりたいんだ。」

監督《かんとく》はすごくやさしい顔になった。ちょっと、茜《あかね》さんがうらやましくなるぐらい。

「おまえのこともそうだよ、成美《なるみ》。」

監督は、わたしの頭を手のひらでポン、とたたいた。心のなかを見すかされたようで、わたしははずかしくなってうつむいた。

「成美。」

「はい？」

よばれて顔をあげると、監督はわたしの目をじっと見た。

「目のいきおいがもどってきたな。よし、それなら。」

監督は、スコア表《ひょう》をポン、と横においた。

「つぎの試合《しあい》、成美は先鋒《せんぽう》でいけ。」

「先鋒っていうと、最初《さいしょ》にでる？」

「そうだ。試合《しあい》の流《なが》れを決める、大事なポジションだ。」

「相手《あいて》はどんな人でしょう？」

「それがな、つぎの相手は、M市からきているチームで、この大会に参加《さんか》するのははじめてなんだ。だからデータがない。」

M市は、ここから三つほどほかの市をはさんだところにある。

「チラッと見たところ、初心者《しょしんしゃ》が多いみたいだったけれどな。先鋒《せんぽう》を一度経験《けいけん》しておくのもわるくない。さ、ちゃんと昼《ひる》ごはんを食べて準備《じゅんび》してこい。」

「わかりました。」

わたしは、横の非常階段《ひじょうかいだん》をかけあがった。茜《あかね》さんはまだ、そこに立っている。

「……だ、そうですよ。」

わたしはすれちがいざま、茜さんにささやいた。

「バッカみたい。」

茜さんは長い髪《かみ》を手でバサッと後ろにながした。

「剣道《けんどう》バカのうえに親バカ？　バカの二乗《じじょう》じゃ、救《すく》いようもないわね。わたしはぜったい、モデルになるんだから。……まあ、あと二、三年は、剣道をつづけてやってもいいけど。」

十五　おへそとおへそ、ふたたび

先鋒《せんぽう》は、最初《さいしょ》に試合《しあい》にでなくてはならない。だから、ならんであいさつをするとき、先鋒だけは面《めん》をつけている。

わたしたち「瑞法寺《ずいほうじ》剣道《けんどう》クラブ」の四人は、試合場《しあいじょう》のラインに沿《そ》って一列《いちれつ》にならんだ。

相手《あいて》は五人。反対側《はんたいがわ》のラインに一列にならんでいる。

相手チームの先鋒も面をつけているから、顔がわからない。小柄《こがら》できゃしゃな体つきのようだ。たぶん、女の子なんじゃないかな。

垂《た》れには、「宮原《みやはら》」という名前が書いてある。

むかいあって礼《れい》をした。そのまま、わたしと宮原さんだけが前にでる。ほかの人たちは後ろにさがり、正座《せいざ》をして試合を観戦《かんせん》する。

わたしと宮原《みやはら》さんは、蹲踞《そんきょ》をして、竹刀《しない》をあわせた。

たしかに、初心者《しょしんしゃ》かもしれない。蹲踞《そんきょ》の動作《どうさ》がぎこちない。体の中心が決まっていない感じだ。

「はじめ！」

主審《しゅしん》の先生が声を発《はっ》した。

「ヤーッ。」

宮原さんはいきなりつっこんできた。

竹刀でかるくかわして、距離《きょり》をとる。

足さばきも姿勢《しせい》もよくない。でも、いたいような必死《ひっし》さが伝《つた》わってくる。

つぎに宮原さんがつっこんできたとき、わたしは正面《しょうめん》から竹刀でむかえた。

竹刀と竹刀がぶつかり、おしあいになる。

小さいのに、おしかえそうという気迫《きはく》がすごい。相手《あいて》の面《めん》が、わたしの面にぶつかりそうなほど、目の前にせまってきた。

面金《めんがね》の奥《おく》の目が、わたしを見あげている。

うさぎのような、くるりとした目。

え？　レオナちゃん？

バシッ。

「面《めん》あり！」

ふせぐこともできないまま、わたしは引《ひ》き面《めん》を打《う》たれていた。

どうして？　どうして、ここに？

もう一度、垂《た》れの名前を見なおした。「宮原《みやはら》」って書いてある。柏木《かしわぎ》では、ない。

でも、あの目は……。

「白！　開始線《かいしせん》にもどって。」

立ちつくしていたわたしは、もどるのをわすれていた。

のろのろと歩いてもどり、相手《あいて》と竹刀《しない》をあわせる。

「はじめ！」

わたしはまた、つばぜり合いにもちこんだ。あの目をもう一度、たしかめたかった。

「……レオナ……ちゃん？」

わたしがつぶやくと、面金《めんがね》の奥《おく》の目が、細《ほそ》く、猫《ねこ》のようになった。

「やっとわかったの？」

ささやき声がする。

「わたしはすぐに、ナルだってわかった。あいかわらずムダに大きくて、ヒョロヒョロしてるから。」

そうなんだ。

監督《かんとく》は、わたしのことを変《か》わったっていってた。でも、ほんとうは変わっていなかったんだ。

真《ま》っ白《しろ》な顔のレオナちゃんに、なにをいっていいのかわからなかった、冬の日のまま……。

体がこわばって、足が止まってしまった。

「ドーッ。」

レオナちゃんはバッとわたしからはなれ、胴《どう》を打《う》ちこんできた。

むりな姿勢《しせい》から打ってきたので、竹刀《しない》は胴ではなく、わたしの腰《こし》のあたりをしたたか

に打《う》ちつけた。

「うぐっ。」

思わず、声がもれる。

姿勢《しせい》がわるいし、打《う》った場所も正しくないから一本ではない。

ただ、防具《ぼうぐ》で守られていない場所を打たれるのは、ほんとうにいたい。思わずうずくまりそうになるのを、必死《ひっし》でこらえた。

へたくそ。

茜《あかね》さんは、あんな打ち方はしない。浩次郎《こうじろう》くんも。石田《いしだ》くんも。

うちの道場《どうじょう》であんな打ち方をしたら、「へたくそ!」って全員《ぜんいん》にどなられる。

打たれた場所が、ジンジンいたむ。そのいたみが逆《ぎゃく》に、わたしをまっすぐに立たせてくれる。

わたしは、変《か》わっていないのかもしれない。

でも、少なくとも、美しい剣道《けんどう》かどうかは、この数か月でわかるようになった。

……ちゃんと腰《こし》を入れて、正面《しょうめん》からぶつかっていけるように……。

さっき監督《かんとく》は、そういった。

わたしは、大きくひとつ呼吸《こきゅう》をした。

やってみよう。できても、できなくても。

わたしは竹刀《しない》をピタリとレオナちゃんにむけ、ジリジリと足をうごかした。

……ちがうよ、そこは正面《しょうめん》じゃないよ。

石田《いしだ》くんの声が、きこえるような気がする。

……林《はやし》さんの体はもう、わかるはずだよ。おへそのあたりで、感じるんだ……。

おへそのあたり。

ああ、ここだ。

わたしのおへそと、レオナちゃんのおへそが、ピーンとつながっているような、この感じ。

背筋《せすじ》がすっとのびるような、気持ちよさ。

ここが、まっしょうめん――。

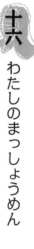

十六 わたしのまっしょうめん

「ヤーッ。」

レオナちゃんが、つっこんでくる。

わたしは竹刀《しない》でさばいて、くるりとむきを変《か》え、またピタリと竹刀をむけた。

「ヤーッ。」

また、竹刀でさばく。

レオナちゃんがあせりはじめたのが、わかる。

どうしてわかるんだろう。

呼吸《こきゅう》？　足さばき？

レオナちゃんは、やみくもにつっこんでくるのをやめた。さりげなくさがって、逃《に》げはじめる。

わたしはすり足でレオナちゃんを追う。

だめだよ、レオナちゃん。逃《に》げないで。

レオナちゃんが、ちらりと時計を見た。時間切《じかんぎ》れをねらっているの？

だめだよ、気をそらさないで。わたしを見て。

やっと、真《ま》っ正面《しょうめん》に立てたんだから。

このまま、むかいあっていようよ。

もうすこし、もうすこしこのまま……。

レオナちゃんがもう一度時計をちらりと見たとき、わたしの左足は勝手《かって》にふみきっていた。

何百回も稽古《けいこ》したうごき。

両手をふりあげると、ちょうどまっすぐ前に、ハッと見ひらいたレオナちゃんの目が見えた。

「メーン！」

声とともに、竹刀を遠くに投《な》げるようにふりおろす。

竹刀《しない》の芯《しん》が、面《めん》のまんなかにあたる手ごたえがあった。

真《ま》っ正面《しょうめん》にいること。それをとぎらせたくなくて、わたしはふりかえるとすぐに竹刀をレオナちゃんにむける。

「面《めん》あり！」

主審《しゅしん》の先生の声を、頭のかたすみできいていた。レオナちゃんしか見ていなかった。

レオナちゃん、こっちをむいて。竹刀をむけて。

もっとだよ。もっと……。

ピピーッ。するどい笛《ふえ》の音《おと》がひびいた。

「止《や》め！」

「おい、成美《なるみ》！　試合終了《しあいしゅうりょう》だぞ。もとの位置《いち》にもどれ！」

監督《かんとく》の声ではじめてわれにかえり、開始線《かいしせん》にもどった。

「引《ひ》き分《わ》け！」

主審の先生が、赤と白の旗《はた》を同時にあげ、頭の上で交差《こうさ》させた。

蹲踞《そんきょ》をして竹刀をおさめ、立ちあがって五歩さがり、礼《れい》をする。

チームの列《れつ》にならんで正座《せいざ》し、面《めん》をはずした。

ひざの上に、汗《あせ》がぽとり、と落《お》ちる。

ガッツポーズなんか、でてこなかった。ただ、体のなかがからっぽになったような心地《ここち》がしているだけだった。

試合場《しあいじょう》ではもう、浩次郎《こうじろう》くんの試合がはじまっている。試合ごしに、レオナちゃんを見た。レオナちゃんも面をはずして、わたしのほうを見ていた。

うす茶色《ちゃいろ》の目。ふんわりとした髪《かみ》。

ああ――。

レオナちゃんだ。

レオナちゃんのチームの人たちは、着がえて、荷物《にもつ》をまとめはじめた。参加賞《さんかしょう》の手ぬぐいを受《う》けとり、つぎつぎに試合場からでていこうとする。

え？　まさか、もう帰っちゃうの？

わたしはあわてて立ちあがった。すり足で試合場のすみをまわり、レオナちゃんを追《お》いかける。

スサササ……。

ふとふりかえったレオナちゃんは、わたしを見てハッとした表情《ひょうじょう》になり、すり足で逃《に》げはじめた。

スサササ……。

ちょっと、ムッとした。すり足なら、負けない。トイレにひとりで行けなくなるほど、練習したんだよ。

スササササ……。

スピードをあげた。ロビーのところで、わたしがすぐ後ろに近づいてきていることに気がついたレオナちゃんは、ふつうに走りだした。

「まって！」

グッとふみきり、バッと、跳《と》んだ。浩次郎《こうじろう》くんみたいに、きれいに跳んだつもりだったんだけど。

着地《ちゃくち》のとき、袴《はかま》のすそをふんづけて、思いっきり前につんのめった。

ビターン！

「い、いたい……。」

鼻が。鼻が、もえてる。

鼻をおさえて起きあがった。目の前に、小さなはだしの足が見えた。

「だ……だいじょうぶなの、それ。」

レオナちゃんは、わたしの手のすきまからポタポタたれている鼻血《はなぢ》を見ながらいった。

参加賞《さんかしょう》の袋《ふくろ》をビリッとやぶり、手ぬぐいをわたしにさしだした。

「これ、つかっていいよ。」

そのまま立ちさろうとしたレオナちゃんの手を、わたしは鼻をおさえていないほうの手で、ぎゅっとつかんだ。

「はなして。」

「やだ。話してくれるまで、はなさない。」

「もう、帰んなきゃいけないの。だから、はなしてよ。」

「じゃあ、ちゃんと話してよ。そしたら、はなすから。」

あれ？　話す？　はなす？　わたし、なにをいっているんだろう？

「わたし、あやまらないもん。だから、ナルとは話せない。」

レオナちゃん。それって、まだあやまっていないから、話をできないってことなの？

ほんとうは、あやまらなきゃって思ってるってことなの？

わたしはレオナちゃんの手をつかんだまま、ロビーの床《ゆか》に正座《せいざ》した。

「あやまってほしいわけじゃないよ。ただ、ちゃんと話をしたいだけ。」

鼻血《はなぢ》をぐいっと手でぬぐい、まっすぐに、レオナちゃんの顔を見あげた。

レオナちゃんは、たじろいだような表情《ひょうじょう》になった。そしてとつぜん、まくしたてるように話しだした。

「あやまらないよ。だって、わたしがわるいんじゃないもん。パパのお店が、だめになっちゃったの。お金が必要《ひつよう》だっていってたの。ママとも、離婚《りこん》しなきゃいけなくなっちゃう、って。そんなとき、自分のいうことをなんでもきく人が目の前にいたら、だれだってわたしみたいにする。ナルだって、ぜったいにそうしたはず。」

ああ、そうだったんだ。

だから、名字《みょうじ》がかわったのか。

だから、引《ひ》っ越《こ》しをしたのか。

「レオナちゃん。いまは、どこに住んでいるの？」

「おじいちゃんの家。お母さんと、お姉ちゃんと、そこに住んでる。」

「お父さんは？」

レオナちゃんは、だまったまま肩《かた》をすくめただけだった。

なんでわたし、気がつかなかったんだろう。いろんなことをつなぎあわせれば、わかったはずなのに。

レオナちゃんのうす茶色《ちゃいろ》の目。うさぎの目みたい、ってずっと思ってた。ほんとうは、おびえた小さな動物の目、だったんだ。

わたしずっと、レオナちゃんの後《うし》ろ姿《すがた》ばかり見ていたから。

レオナちゃんのいうことをきいていればいいって、そんなふうにしか思っていなかったから。

だから、なにひとつ気がつかなかったんだ。

レオナちゃんが、急に、不思議《ふしぎ》そうな顔をした。

「どうして、ナルが泣《な》いてるの？」

「……え？」

わたしは、自分《じぶん》のほおを手でぬぐってみた。ぬれていることに、自分でびっくりした。

「……わ……わかんない。」

さっき、試合《しあい》でレオナちゃんとつながった気分になったせいだろうか。レオナちゃんのいたみが、わたしの心に流《なが》れこんでくるような気がした。

こらえきれずに、しゃくりあげた。

おかしいな。つぎに会ったときには、泣いてあやまらせるはずだったのに。

なんでわたしのほうが泣いているんだろう。

鼻血《はなぢ》と鼻水がまじって、もうぐしゃぐしゃだ。

「あいかわらずだね、ナルは。」

レオナちゃんは防具袋《ぼうぐぶくろ》をおろして、わたしの前に正座《せいざ》した。レオナちゃんのひざが、わたしのひざにくっつく。

「ナルは、どうして剣道《けんどう》をはじめたの？」

レオナちゃんは手ぬぐいを手にとり、わたしの顔をふく。目の下を。鼻のまわりを。あごの下を。手つきがなんだかやさしくて、わたしはもっと泣《な》きたくなる。

「……なんか……よくわかんない……なんでだろ……なんでか、いつのまにか、やることになってた……。」

わたしは手ぬぐいに顔をうずめて、ぐずぐず泣きながらいった。

「わたしはね、おぎょうぎがわるいからって、むりやりおじいちゃんの知り合いがやってる剣道教室《けんどうきょうしつ》に入れられたの。」

レオナちゃんは眉間《みけん》にしわをよせた。

「おじいちゃんは口うるさくて、マジ最悪《さいあく》。剣道やってるあいだも、わたしが逃《に》げださないように、道場《どうじょう》のすみにすわってずーっと見はってるんだよ。もう、剣道なんて、いやでいやでしょうがなかったけど……。」

レオナちゃんは口ごもり、最後《さいご》の言葉をもう一度くりかえした。

「けど……。」

「けど？」

ききかえしたとき、出口のほうから大きな声がした。

「おい、宮原《みやはら》。早くこいよ。そろそろバスの時間だぞ。」

ふりかえると、レオナちゃんのチームメイトの男の子が、出口のところでよんでいた。

「わかった。すぐ行く。」

レオナちゃんは大きな声でいい、それから早口《はやくち》の小声でいった。

「遠いから、わたしたち、きょうはもう帰るんだ。じゃあ。」

レオナちゃんは立ちあがり、防具袋《ぼうぐぶくろ》をかつぎあげた。

「剣道《けんどう》、やめたくてしょうがなかったけど、やっぱりつづけることにした。」

うす茶色《ちゃいろ》の目が、真《ま》っ正面《しょうめん》からわたしを見る。

「ぜったいにまたナルと試合《しあい》する。つぎは勝つから。」

「わたしだって、ぜったい、勝つよ。」

わたしは、思わず立ちあがって、いいかえしていた。

うす茶色の目が、ふわっとわらう。

「またどこかの大会で会おうよ。じゃあね。」

レオナちゃんは、出口にむかってかけだした。

自動《じどう》ドアがひらく。

チームメイトのほうに行きかけて、レオナちゃんはためらい、ふりかえった。

「あとね、ムダに大きくてヒョロヒョロしてるっていったの、あれ、ウソだから。ナルだっていうのはすぐわかったけど、なんか、ちがう人みたいに見えて……ちょっと、くやしかったんだ。」

自動ドアがしまった。

仲間《なかま》からすこしおくれ、防具袋《ぼうぐぶくろ》を重たそうにかついで歩くレオナちゃんを、わたしはガラスごしに見おくった。

十七　メール、メキシコへ

その後、わたしは二試合《しあい》したけれど、両方とも引《ひ》き分《わ》けだった。

引き分けといっても、一本とれたわけではない。打《う》てなかったかわりに、打たれなかった。ただそれだけだ。

わたしがとれた一本は、レオナちゃんに打ちこんだあの面《めん》だけ。

「ふーん、おまえ、一本しかとれなかったんだ。」

浩次郎《こうじろう》くんがスコア表《ひょう》を見ながら、意地悪《いじわる》そうな声でいう。

「そういう浩次郎くんは……？」

「おれ？　十二本。」

「ぐっ。」

かえす言葉もありません。

「手ごたえのない相手《あいて》ばかりでやんなっちゃうよな。だれかさんが大将《たいしょう》をゆずってくれれば、もっと楽しかったのに。」

「だから、やりたくて大将をやったわけじゃ……。」

「おまえ、こんどおれの相手をしろ。」

「はいはい、立っていれば打《う》ちこみ台《だい》よりましだっていうんでしょ？」

「午後イチの試合《しあい》で打《う》った面《めん》。あれを、いつでも打てるように練習しとけ。それで、おれの練習台になれ。」

浩次郎《こうじろう》くんはそういいはなつと、スタスタと帰っていった。

あの面はよかった。そういっているのだと、解釈《かいしゃく》してもいいのかな。

「成美《なるみ》ちゃん、わたしたちも帰ろう。」

茜《あかね》さんが声をかけてきたので、わたしたちは監督《かんとく》の車に乗りこんだ。

「わすれものはないか？　防具《ぼうぐ》、竹刀《しない》ちゃんとあるか？」

監督が運転席《うんてんせき》から声をかける。

「ありまーす。」

「参加賞《さんかしょう》の手ぬぐいは？」

「ちゃんとここに……あ。」

思わず、声をあげた。

ビニールに入ったままの手ぬぐいと、鼻血《はなぢ》のついた手ぬぐい。同じものが二本ある。

わたし、レオナちゃんのをもってきちゃったんだ。

「どうした？」

「いえ、なんでもないです。」

車が発進《はっしん》する。

わたしは、レオナちゃんがのこしていった手ぬぐいをひろげてみた。

白《しろ》い地《じ》に、黒い文字で「無心《むしん》」と染《そ》めてある。

「無心……。」

なんとなくつぶやいたら、監督《かんとく》が反応《はんのう》した。

「無心か。剣道《けんどう》で、最終的《さいしゅうてき》にめざす境地《きょうち》だな。」

「へえ。これが……。」

無《む》、ということはなにも無《な》い、ということで……。

無心《むしん》、というのは心さえ無い、ということで……。

うーん。深《ふか》すぎてわからない。

「監督《かんとく》。無心って、どんな感じなんですか？」

「さあ。わたしもまだ、そんな境地《きょうち》にたどりついたことはないからな。」

監督はかるくわらって言葉をつなげた。

「子どもの場合は、『天心《てんしん》』っていうのがいちばんそれに近いんじゃないか、と思うんだが。」

「天心？」

「ああ。どこにも力《りき》みがなく、子どもが遊んでいるかのような境地《きょうち》らしい。」

天心……。

「わたしでも、そんなふうになれるでしょうか。」

「めざしてみればいいんじゃないか。」

監督《かんとく》は、にやりとわらった。

「まあ、いまのところ成美《なるみ》は、天心《てんしん》というより天然《てんねん》に近いがな。」

茜《あかね》さんがくちびるをとがらせていった。

「お父さん、『めざしてみれば』なんて気軽《きがる》にいわないで。成美ちゃん、まだ剣道《けんどう》をつづけるかどうかもわからないんだから。」

「そうか。で、どうする？　成美。」

監督のするどい目が、バックミラーごしにわたしを見る。

「……つづけます。」

わたしは、レオナちゃんの手ぬぐいをぎゅっとにぎりしめた。

この手ぬぐいを、かえさなくちゃいけないから。どこかの大会で、また会おうって、約束《やくそく》したから。

「そ。じゃあ、あと二年ぐらいはチームメイトね。いっしょにがんばろ。」

茜さんがすずしい顔をしていうと、監督が口をはさんだ。

「あと二年じゃないだろ。中学を卒業《そつぎょう》するまで、っていう約束だ。あと三年半だ。」

「そんなにつづけられるか、わかんない。」

「つづけるんだ。」

茜《あかね》さんは前の席《せき》の背《せ》もたれにかくれるようにして、わたしにむかってペロッと舌《した》をだして見せた。


夜、十時。

「パパ。パパ。」

わたしはパソコンをひらいてパパをよんだ。

「おう。成美《なるみ》か。」

パパの口ヒゲはのび放題《ほうだい》で、口の上以外《いがい》のところも無精《ぶしょう》ヒゲがはえていて、ワイルドな顔つきになっていた。

「やせたんじゃない、パパ？」

「そうかあ。」

パパは手鏡《てかがみ》を見て、無精ヒゲを手でなでた。

「でもな、やせたおかげで、こっちのなんとかっていう映画俳優《えいがはいゆう》にそっくりになったんだぜ。工場の女の子たちのあいだで、似《に》てるって評判《ひょうばん》なんだ。」

すこし、安心《あんしん》した。

こうやって冗談《じょうだん》めかしてしゃべっているっていうことは、パパは、元気をとりもどしつつあるっていうことだと思う。

「パパ、あのね。わたしきょうね、剣道《けんどう》の試合《しあい》があったの。それでね、はじめて一本とったんだよ。」

「ほう。」

「相手《あいて》は、なんとびっくり、あのレオナちゃんで……。」

「成美《なるみ》。」

パパは、わたしの言葉をさえぎった。

「わるい。アントニオがむかえにきたみたいだ。」

「え、もう？」

「ああ。最近《さいきん》、新しいプロジェクトの立ちあげをはじめたんだ。だから、ちょっと早めに出社《しゅっしゃ》しなくちゃいけなくて。つづきは、またこんどきくから。じゃあな。」

パパはあわただしく上着《うわぎ》をはおると、バタバタとでていった。

だれもいない、ガランとした部屋がうつる。

そうか。パパ、新しいプロジェクトをはじめたんだ。

だれもリストラしなくてすむように、パパが考えた方法だろうか。

わたしはネット電話をとじ、ちょっと考えて、メールを送ることにした。

「パパへ
きょう、はじめて試合《しあい》で一本をとったよ。すごく気持ちがよかった。レオナちゃんと、おへそがつながっているような感じがして……。」

いやいや。なんだか、あぶない内容《ないよう》みたいだ。

わたしはメールをぜんぶ消して、また新しく打《う》ちなおした。

「監督《かんとく》がいっていました。人生《じんせい》には、たいへんなことがたくさんあるって。そんなときに、腰《こし》をすえて真《ま》っ正面《しょうめん》からぶつかっていけるように、剣道《けんどう》を教えているんだって。パパはどう思いますか。」

なんだか、説教《せっきょう》くさいな。

わたしは、また全文《ぜんぶん》を消去《しょうきょ》した。

あんまりクサイことを書いたら、後でわらわれそうだし。話すのとちがって、メールってのこっちゃうもんな。

さんざんなやんだあげく、わたしはほんとうに月並《つきな》みな、そして単純《たんじゅん》な一文を書くことにした。

文章《ぶんしょう》がありきたりなぶん、なるべくていねいに、一字一字を打《う》ちこんだ。

「がんばって、パパ。」

送信《そうしん》ボタンを、ゆっくりとクリックする。

メールが送信されたことを確認《かくにん》して、わたしはパソコンを消した。

ベッドに入り、わたしのメールが深《ふか》い海の底《そこ》のケーブルをとおり、メキシコまでとどくようすを思いうかべながら、眠《ねむ》りについた。

作 あさだりん

1970年東京都生まれ。早稲田大学第一文学部卒。現在は長野県松本市在住。日本児童文学者協会会員・信州児童文学会会員。本作でデビュー。

絵 新井陽次郎（あらいようじろう）

1989年埼玉県生まれ。アニメーター、監督。スタジオジブリを経てスタジオコロリドに移籍。初監督作「台風のノルダ」で文化庁メディア芸術祭アニメーション部門新人賞受賞。

参考文献
『心・技・体を強くする！ 剣道　練習メニュー200』
（香田郡秀 監修、池田書店、2012年）

偕成社
ノベルフリーク

まっしょうめん！

2016年12月1刷　2023年5月9刷

作者＝あさだりん
画家＝新井陽次郎

発行者＝今村正樹
発行所＝株式会社 偕成社　https://www.kaiseisha.co.jp/
〒162-8450 東京都新宿区市谷砂土原町3-5
TEL 03(3260)3221（販売）　03(3260)3229（編集）
印刷所＝中央精版印刷株式会社　小宮山印刷株式会社
製本所＝株式会社常川製本

NDC913 偕成社 207P.　19cm　ISBN978-4-03-649040-0

本のご注文は電話、ファックス、またはEメールでお受けしています。
Tel: 03-3260-3221　Fax: 03-3260-3222　e-mail: sales@kaiseisha.co.jp
乱丁本・落丁本はお取りかえいたします。